NATALE A CORAL COTTAGE

CORAL COTTAGE
LIBRO 3

JAN MORAN

Traduzione di
JESSICA RAVERA

SUNNY PALMS
PRESS

"Scritto in modo scorrevole... pieno di intrighi, amore, segreti e romanticismo". – *Lekker Lezen*

La casa dei profumi dimenticati

"I lettori divoreranno questo libro, pagina a pagina, man mano che il mistero e le passioni si dipanano". – *Library Journal*

"Come ha fatto in *Il giardino dei profumi perduti*, la Moran intreccia la conoscenza del vino e della vinificazione con questo intenso dramma familiare". – *Booklist*

Il giardino dei profumi perduti

"Straziante, evocativo e stimolante, questo libro è un viaggio potente". – Allison Pataki, autrice di *Sissi: la solitudine di un'imperatrice*, bestseller *del NYT*.

"Una saga travolgente, che narra il viaggio di una donna attraverso la Seconda guerra mondiale e della sua riluttanza ad arrendersi anche di fronte alle sfide più dure". – Anita Abriel, autrice di *The Light after the War*.

"Una storia avvincente di amore, determinazione e rinnovamento". – Karen Marin, *Givenchy Parigi*

"Un'elegante e avvincente storia familiare. Ciò che la contraddistingue è il tema della profumeria sullo sfondo, che permea la storia di deliziosi aromi – un risultato notevole!" – Liz Trenow, autrice di *The Forgotten Seamstress*, bestseller del *NYT*.

"Una coraggiosa eroina, amanti dal destino avverso, uno splendido senso di tempo e luogo che cattura l'inquietudine e il tumulto degli anni '40; un lieto fine". – *Eroi e rubacuori*

Library of Congress Cataloging-in-Publication Data

Moran, Jan.

/ di Jan Moran

ISBN 978-1-64778-147-7 (epub)

ISBN 978-1-64778-177-4 (copertina rigida)

ISBN 978-1-64778-148-4 (brossura)

Pubblicato da Sunny Palms Press. Design di copertina: Sleepy Fox.

Copyright delle immagini in copertina: Depositphotos.

Sunny Palms Press

9663 Santa Monica Blvd STE 1158

Beverly Hills, CA 90210 USA

www.sunnypalmspress.com

www.JanMoran.com

NATALE A
Coral Cottage

JAN
MORAN
USA TODAY BESTSELLING AUTHOR

RINGRAZIAMENTI

I miei più sinceri ringraziamenti a Jessica Ravera ed Emiliano Riva per il loro meticoloso lavoro nel tradurre questo libro. È davvero un piacere lavorare con voi a questo romanzo e agli altri della serie! Sono molto felice di poter condividere questa storia con i miei lettori italiani nella loro meravigliosa lingua.

1

"*L*a nuova produzione teatrale sembra favolosa", disse Marina alla sorella mentre gettava gli scarti delle carote nel bidone del compost, nella cucina del Coral Café. Grazie a quel concime così nutriente, il giardino di sua nonna sarebbe diventato rigoglioso.

"Puoi leggere il copione, se vuoi". Kai si sporse dal bancone. Con la sua maglietta luccicante che recava l'immagine di un Babbo Natale surfista, Kai era già nello spirito dell'imminente stagione natalizia. "Cosa stai preparando?"

"Torta di carote. Questa mattina Brooke ce ne ha portate un bel po' fresche dal suo giardino. Sto aggiungendo dei nuovi piatti autunnali e invernali al menu stagionale". Marina fece un cenno verso uno scaffale della cucina. "Ci sono dei muffin caldi ai mirtilli rossi e all'arancia, se ne vuoi uno".

"Mmmm", disse Kai, prendendone uno dallo stampo. "Ti ho scelto per il ruolo della madre nella commedia. Una giovane madre", aggiunse con un occhiolino.

"Grazie per la premura", disse Marina, sorridendo. "Ma preferirei non salire sul palco".

"Stai scherzando, vero?". Kai accese la musica natalizia e si sedette a gambe incrociate su una panca al tavolo dello chef, assaporando il suo muffin. "Sei andata in onda tutti i giorni per anni, quindi so che non può trattarsi di ansia da palcoscenico".

"Leggere le notizie davanti agli operatori di ripresa non è certo come esibirsi davanti a un pubblico dal vivo", ribatté Marina.

Kai e Axe, un imprenditore edile locale, stavano lanciando la loro prima produzione teatrale nel nuovo Centro per le Arti Performative di Summer Beach, che avevano soprannominato Seashell, ovvero "la conchiglia", per la sua forma curva a mezza cupola. Axe sognava da anni di costruire un anfiteatro su quel terreno collinare.

"Sei già andata in scena, anche se come conduttrice del telegiornale", disse Kai, acconciando i suoi capelli ondulati biondo fragola in un ciuffo e infilandovi una matita presa dal tavolo. "Qual è la differenza?"

"Non stavo cercando di far ridere. Sei tu l'intrattenitrice, non io". Sua sorella era stata in tournée con una compagnia di teatro musicale per anni, prima che il suo ex fidanzato desse le dimissioni per suo conto, facendole perdere il posto. "Inoltre, ho chiuso con la vita in onda".

"Ci saranno solo i nostri amici e vicini". Kai si chinò in avanti, appoggiando i gomiti sui jeans.

"Peggio ancora".

"Non dirmi che hai paura di loro".

"Sono pietrificata all'idea". Marina fece una smorfia e si tirò su le maniche della sua giacca da cuoco a stampa floreale. Anche se in spiaggia ormai dominavano i toni freddi dell'autunno, in cucina faceva ancora caldo.

Marina stava sfornando e assaggiando fin dalle prime ore del mattino. I churros spolverati di cannella e le crostate di mirtilli andavano già a ruba tra gli avventori del locale. Forse non avrebbe mai più avuto il fisico snello di sua sorella, ma Marina era minuta, e ogni boccone si piazzava sul suo girovita. Tuttavia, era così felice di gestire quel locale che aveva sognato per così tanto tempo.

Kai sorrise. "È per via di Jack, vero?".

Marina lanciò un'occhiata a sua sorella per porre fine a tutte quelle domande. "Chi si occuperà dei cestini da picnic?".

L'estate precedente aveva realizzato delle scatole da asporto che i clienti potevano acquistare durante gli spettacoli pomeridiani, ed erano servite a testare l'affluenza degli spettatori. La gente portava delle coperte per sedersi e gli artisti si esercitavano con opere destinate a palcoscenici più ampi. Marina aveva venduto un numero sufficiente di panini e contorni da asporto per far sì che il tutto fosse remunerativo.

"Brooke può servire i cestini". Kai mise il broncio sul labbro inferiore. "Dai, su. Non ho trovato nessun altro per la tua parte".

"Sono sicura che ci riuscirai. Oppure, eliminatela dal musical". Marina si tolse la giacca e si sventolò il viso.

Anche se l'alta stagione estiva era terminata, i visitatori continuavano a riempire la spiaggia, durante i giorni di sole. Le presenze sarebbero diminuite durante le prossime feste e l'inverno, quindi Marina non poteva distrarsi con una produzione dedicata a quel periodo.

Alzò lo sguardo dal suo lavoro. Kai era diventata insolitamente silenziosa. "E smettila di tenere il broncio. Con me non funziona, sin dai tempi del liceo".

"Ah, è quello che pensi tu". Kai rise. "Le iscrizioni ai provini iniziano oggi e potresti perdere la parte che ho scritto per te. Inoltre, senza di te non sarà la stessa cosa".

"Lascia perdere, Kai. Sono troppo impegnata". Marina si voltò per pulire il bancone.

Proprio in quel momento, una cliente con i capelli rosa shocking e un particolare zainetto dello stesso colore da cui spuntava fuori un cagnolino, li salutò dal patio. Marina ricambiò il saluto con un cenno del capo. "Gilda, al tavolo numero tre, ha bisogno del conto".

"Quanto faccio pagare per il piatto del suo chihuahua?".

"Stai scherzando, vero? Erano solo tre bocconi. Inoltre, Pixie mangia sempre gratis qui". Sorridendo, Marina arrotolò lo straccio umido e lo sventolò in direzione della sorella. "Torna al lavoro".

Kai si alzò dalla panca. "Te ne pentirai", esclamò da dietro le spalle, mentre usciva dalla cucina.

Marina ridacchiò, ma era decisa a rimanere fuori da quella produzione, anche se sua sorella, insieme ad Axe, aveva adattato la storia di un celebre classico. Sospettava che tra loro stesse nascendo qualcosa.

Mentre disinfettava e puliva il piano di lavoro, osservò Kai. Non ricordava di averla vista così felice da quando aveva ottenuto un ruolo nella sua prima produzione itinerante. E ora stava scrivendo e progettando di dirigerne una. Per suscitare l'interesse di tutti e invogliarli a partecipare alle audizioni, Kai aveva tenuto segreto il contenuto della storia.

Quella sera era in programma la grande presentazione del progetto e l'invito a iscriversi alle parti. Kai aveva programmato di tenere l'evento al Coral Cottage della nonna. Quando l'interesse collettivo era diventato troppo grande per le possibilità di quel luogo, aveva deciso di spostare tutto al Seabreeze Inn, gestito dalle loro amiche Ivy e Shelly.

Di solito, Marina avrebbe fatto qualsiasi cosa per Kai. Ma non quella volta.

Le sue ragioni non riguardavano Kai, anche se voleva che lei e Axe avessero successo.

La scorsa primavera, quando quest'ultimo aveva costruito il patio per la sala da pranzo e ristrutturato il cottage per gli ospiti nella casa al mare di sua nonna Ginger, aveva sentito Kai cantare attraverso una finestra aperta.

Kai aveva lavorato con lui tutta l'estate per allestire e promuovere il nuovo anfiteatro all'aperto. La sua squadra di operai aveva costruito un palcoscenico provvisorio che era poco più di una piattaforma, e il pubblico si era accomodato su coperte e sedie pieghevoli per ascoltare i musicisti locali e assistere alle scenette del club teatrale della scuola. Le rappresentazioni si tenevano durante le ore diurne, perché l'impianto elettrico era ancora in fase di installazione. Alla fine dell'estate erano iniziati i lavori più impegnativi, e Axe e la sua squadra avevano costruito un palco più grande dotato di un'illuminazione professionale.

La prima, vera produzione sarebbe stato quello spettacolo a tema natalizio.

Marina strizzò lo straccio per pulire e lo gettò nel cesto destinato alla lavanderia. Quando si voltò, un bambino entrò in cucina, seguito da un allampanato e irrequieto labrador giallo dall'incessante, goffa andatura.

"Indovina un po'?" Leo abbracciò Marina. Quel bambino di dieci anni era la copia dell'uomo che camminava dietro di lui, dai folti capelli castani, una corporatura snella e gli occhi espressivi. "Kai mi ha chiesto di fare un provino per la recita di Natale. Non è fantastico?".

"Certo, se è quello che vuoi davvero", rispose Marina, chinandosi per abbracciarlo.

Il cane si incuneò tra loro ed entrambi risero. Scout scodinzolava e Marina gli strofinava il collo, mentre quel cane giocherellone le dava un bacio umido sulla guancia.

"Sarebbe divertente", disse Leo, con gli occhi che brillavano per l'emozione. "Oggi papà mi porterà a fare l' audizione".

Marina vide l'orgoglio negli occhi di Leo, mentre si voltava verso Jack. Solo di recente Leo aveva saputo che Jack era suo padre. Sua madre non aveva detto né al figlio né a Jack di ciò che era seguito al loro breve incontro di dieci anni prima. Pur rispettando la decisione di Vanessa di non sposarsi, Marina sapeva bene quanto fosse difficile crescere dei figli da sole. Sentiva ancora la mancanza di suo marito Stan, anche se era morto da vent'anni.

Jack appoggiò le mani sulle spalle del figlio. "Non sapevo

che Leo sarebbe stato così emozionato. Kai mi ha chiesto di invitare anche la sua amica Samantha".

"Potrebbe essere divertente per loro". Quando Marina incontrò lo sguardo di Jack, il suo cuore accelerò di fronte a quei sorprendenti occhi blu che non mancavano mai di catturare la sua attenzione.

Jack si spostò nervosamente da un piede all'altro, sembrando a disagio. "Vorresti... unirti a noi, lì?".

"Ehi, c'è Samantha", disse Leo, indicando la sua migliore amica che si trovava sulla spiaggia. "Vado a dirglielo". Corse via, e Scout saltellò accanto a lui.

"Cos'è, un appuntamento?". Marina sorrise a Jack e si appoggiò al bancone, aspettando la sua risposta. All'inizio dell'estate lui le aveva chiesto di uscire a cena in paese. Avevano parlato fino alla chiusura del ristorante e si erano scambiati un bacio che le aveva scaldato il cuore. Ma lui non aveva mantenuto la promessa di trovare un po' di tempo per lei nella sua vita e di uscire insieme, cosa che era stata una sua idea. Tuttavia, Marina sapeva che era spesso occupato con Leo. Sollevò il mento. Anche lei era impegnata.

Jack fece una risata nervosa. "Non proprio".

Marina alzò le sopracciglia in segno di attesa, ma Jack rimase in silenzio. *Di nuovo.* Le venne in mente una cosa che aveva detto sua figlia, a suo tempo. Qual era la frase che Heather usava con le sue amiche, quando avevano una relazione che non andava da nessuna parte? *Non gli piaci così tanto.*

"Posso fare di meglio", disse Jack, toccandole la mano.

O forse sì? *Ci sono molti messaggi contrastanti*, pensò.

"Sto aspettando", disse lei, stuzzicandolo. Infilò le dita tra quelle di lui, godendosi il calore della sua mano e sperando in un suo segnale.

"A proposito...". Jack abbassò lo sguardo sulle loro mani giunte. "Tra il libro di Ginger e le attività scolastiche ed extra di Leo, non so dove va a finire il tempo. Sono sempre stato un tipo spontaneo, quindi forse usciremo presto insieme".

"La vita è piena di impegni", disse con leggerezza, cercando di nascondere il suo disappunto. Non era la prima volta che sentiva quella scusa.

Il volto teso di Jack si distese. "Sapevo che avresti capito".

Ci stava provando, ma aveva bisogno di qualcosa di più. Sebbene Jack avesse risvegliato il desiderio di avere una vera relazione nella sua vita, lui non stava facendo nulla per sostenerlo.

Le parole di Heather aleggiavano sulla sua testa come in un fumetto. *Non gli piaci così tanto.* Forse gli piaceva flirtare, ma non aveva intenzione di andare fino in fondo. Aveva conosciuto uomini del genere. Potevano essere chiacchiere divertenti e innocue, ma il suo cuore era troppo coinvolto.

Ci riprovò. Con un sorriso scherzoso, chiese: "Allora, prenotiamo per la prima data libera nel tuo fitto programma di impegni?".

Spostandosi, Jack distolse lo sguardo verso Leo. "Non posso davvero impegnarmi con te in questo momento".

Marina mise da parte il suo orgoglio e inclinò la testa verso Leo. "Bene. Allora, il solito per voi due, o devo aggiungere un altro gelato per Samantha?".

Jack le strinse la mano prima di lasciarla e fare un fischio a Leo. Si mise le mani a coppa come un megafono e urlò: "Chiedete a Samantha se vuole il gelato". Fece un cenno ai genitori della ragazza, Denise e John, che avevano da poco acquistato una casa in paese ed erano amici di lunga data della madre di Leo. Fecero un cenno di approvazione.

Con un piccolo sospiro, Marina si voltò per preparare un nuovo bricco di caffè per Jack. Portava Leo lì quasi ogni giorno, dopo la scuola. Jack prendeva il caffè – leggero, senza zucchero – e Leo una coppa di gelato. Stava viziando quel ragazzo, ma Jack non aveva ricoperto il ruolo di padre abbastanza a lungo da rendersene conto.

Jack si appoggiò al bancone. "Tutto ciò che riguarda la mia vita a Summer Beach è nuovo. Cercherò di diventare più bravo a destreggiarmi, così potremo passare più tempo insieme. Solo noi due. Ma adesso è un momento difficile per prendere impegni. Forse l'anno prossimo andrà meglio".

"Sai dove trovarmi". Marina sorrise, anche se il suo cuore era affondato, a sentire quelle sue parole. Stavano formando un legame – lei, Jack e Leo – anche se quasi desiderava che non venissero così spesso al locale. Forse lei riponeva aspettative eccessivamente alte su Jack, e lui si sentiva troppo a suo agio in quella modalità tranquilla e amichevole.

A meno che non fosse quello il tipo di relazione che desiderava. In tal caso, avrebbe voluto che lui smettesse con quella farsa di una possibile storia d'amore, e la lasciasse andare.

I due bambini corsero verso il locale. Scout era andato dritto contro le onde che lambivano la riva, e ora il suo pelo schizzava goccioline mentre correva accanto a loro.

"Anche Samantha vuole una coppa di gelato ricoperto di cioccolata calda", disse Leo, riprendendo fiato. "E vuole fare l'audizione con me".

"È fantastico", disse Jack, dando il cinque a Leo. "Vai a prendere un tavolo per noi".

I due bambini si precipitarono nel patio, dove alcuni altri clienti in tenuta da mare si stavano gustando dei frullati di frutta. Dopo essersi seduti, Scout si sistemò ai loro piedi. La sua lingua ondeggiava da un lato in quello che sembrava un sorriso sbilenco.

Due giovani donne a un tavolo vicino allungarono la mano per accarezzare il collo di Scout. Quel cane e il suo padrone sapevano davvero sciogliere i cuori.

Marina si voltò verso Jack. Forse un'amicizia era tutto ciò che lui voleva. Cose così le erano bastate per anni, quando i gemelli erano piccoli, ma ora era pronta per una relazione. Se avesse avuto un po' di coraggio, avrebbe dovuto chiederglielo subito e farla finita.

Proprio mentre apriva la bocca per parlare, una serie di guaiti acuti esplose nel patio, seguita da alcuni forti latrati.

"Oh, mio Dio, Pixie e Scout si stanno dando da fare", gridò Marina, uscendo dalla cucina. Jack si fiondò subito dietro di lei.

Pixie era sfuggita dallo zaino di Gilda e correva intorno a Scout, che per un attimo sembrò disorientato, prima di capire che quel chihuahua voleva giocare. Saltando intorno a Pixie, Scout scivolò contro un tavolo del locale, rovesciandolo. La pianta di aloe vera che Marina ci aveva messo sopra cadde per terra.

"Scout, no!" Marina gridò, sporgendosi per proteggere un altro tavolo e una pianta che traballavano.

Jack affrontò Scout, che si contorceva tra le sue braccia, ancora desideroso di giocare con l'incantevole, piccola Pixie.

Gilda prese in braccio la chihuahua e l'abbracciò forte. "Birichina, birichina". Parlò con un tono amorevole e soffocò Pixie di baci.

"Bè, questo è un messaggio ambiguo, se mai ne ho visto uno", disse Marina mentre tirava su un tavolo.

Un po' come quelli di Jack.

"Devo iscrivere Scout a un corso di addestramento", disse Jack con aria contrita.

Marina risistemò la piantina grassa strapazzata nel suo vaso e si spolverò le mani. "Credo che abbia iniziato Pixie".

Gilda arrossì. "A volte le piace provocare gli altri cani, e inizia a girarci intorno. Ma almeno abbiamo sotto controllo la sua cleptomania. La mamma la porta in terapia ogni settimana, vero, piccolina?". Gilda baciò di nuovo Pixie prima di infilare le sue forme sinuose nello zainetto che portava con sé.

Marina poté solo scuotere la testa. "È tutto finito, e devo preparare le coppe di gelato".

"Evviva", gridarono Leo e Samantha, applaudendo.

Marina tornò in cucina. Dopo essersi lavata le mani, portò le ciotole per il gelato. Con la coda dell'occhio, vide Jack seduto sulla panca al tavolo del cuoco. Sembrava imbarazzato per il comportamento di Scout. Gli versò un bicchiere d'acqua e lo fece scivolare sul bancone.

"Grazie", disse Jack, bevendo fino all'ultima goccia. "Allora, hai ancora intenzione di servire cestini da picnic a teatro?".

Un argomento tranquillo, pensò Marina. "Gli affari sono andati piuttosto bene quest'estate, quindi dovrebbero aiutarci a superare la stagione invernale, che è meno affollata. Ivy e Shelly mi hanno anche chiesto di preparare dei pranzi al sacco per le settimane del benessere termale che stanno organizzando alla locanda".

"La chiave è riuscire ad attirare la gente a Summer Beach durante la bassa stagione", disse Jack, strofinandosi la barba di un giorno sul mento. "La mostra d'arte di Ivy e il tuo *Taste of Summer Beach* sono andati entrambi bene".

Durante la baruffa tra Scout e Pixie, Marina aveva perso il coraggio di fargli quella domanda che la teneva sveglia di notte. Lei non era mai stata brava a conversare, e lui sembrava evitare l'argomento, ma lei non riusciva a distogliere lo sguardo da lui. I suoi occhi brillavano d'intelligenza, e desiderava un legame più profondo con lui.

La verità è che aveva paura di sentire la sua risposta. "E come sta andando il tuo libro?", chiese invece, rabbuiandosi dentro di sé per la mancanza di originalità.

"Tua nonna ha un bel po' di storie da raccontare", rispose Jack. "L'editore ha appena ordinato un altro libro della serie, quindi sto lavorando a delle nuove illustrazioni. Non avrei mai pensato di vivere a Summer Beach con un figlio, una casa e un cane, per non parlare del fatto che passo il mio tempo a disegnare e revisionare storie per bambini".

"È molto lontano dal glamour dei premi Pulitzer".

Jack si accigliò. "Non l'ho chiesto io, quel riconoscimento. Certi onori si guadagnano sul campo, e avrei potuto facilmente perdere la vita per quella storia".

Avendo lavorato come giornalista investigativo fino

all'anno sabbatico che si era preso a Summer Beach, Jack non era nuovo a situazioni pericolose. A Marina venne in mente un pensiero. "Ti manca stare dietro alle storie importanti?".

Jack liquidò l'idea con un leggero gesto della mano, anche se un'ombra gli attraversò il viso. "Me ne sono già occupato abbastanza, e ho rifiutato l'ultimo incarico che mi è stato offerto. Ora si tratta solo di Leo. La salute di Vanessa sta migliorando, ma sto ancora cercando di fare per lui tutto il possibile, nella misura in cui lei me lo permette. Tra la scuola, i compiti e le sue attività sportive, ci sono parecchie cose".

La macchina del caffè si spense e Marina ne versò una tazza, pensando mentre si avvicinava al bricco. Il giovane Leo era il frutto di una disperata avventura di una notte durante un incarico pericoloso. Vanessa non aveva detto a Jack dell'esistenza del ragazzo fino a quando, a causa di un grave problema di salute, aveva iniziato a mettere ordine nei suoi affari. Persino Jack aveva ammesso che all'epoca non sarebbe stato un marito o un padre modello, e Vanessa non voleva comunque sposarsi. Marina dovette ammirare la forza e la lungimiranza di quella donna nel provvedere alle necessità del figlio.

Mentre versava il caffè a Jack, cercò di leggere nel suo sguardo. Era delusione o rimpianto per aver lasciato una carriera di alto livello? O, forse, i doveri dell'improvvisa paternità lo stavano sopraffacendo. Qualunque cosa fosse, aveva un'aria affaticata.

Con un sorriso riconoscente, portò la tazza alla bocca e sorseggiò. "Un nettare degli dei. Non so cosa farei senza di te".

Marina inclinò la testa. "Che cosa intendi dire?"

"Venire qui con Leo è il momento più luminoso della mia giornata". Jack le toccò di nuovo la mano, sfiorando le sue dita con le sue. "Siamo buoni amici, Marina. Sento di poterti chiedere qualsiasi cosa. Agli occhi di Vanessa fai sembrare capace questo nuovo, inetto padre. Si sta fidando di più a lasciare Leo con me, e questo grazie a te".

Buoni amici. Quelle parole la ferirono, anche se cercò di non darlo a vedere. Jack non sapeva davvero cosa voleva. Se solo fosse riuscita a controllare il modo in cui il suo petto si stringeva, ogni volta che lui era nei paraggi.

"Ho curato la mia parte di lividi, scottature e cuori infranti per i miei figli", disse con leggerezza. "Tra non molto, ci prenderai la mano".

Lei sfilò la mano da sotto quella di lui e si precipitò in dispensa per prendere il caramello caldo e le noci tritate.

Quando lei tornò, Jack aggrottò le sopracciglia. "Mi sei sembrata un po' brusca in quel movimento. Va tutto bene?".

Marina storse la bocca da un lato, mentre scaldava il caramello caldo in un pentolino su un fornello. "Siamo entrambi impegnati e capisco le esigenze che devi affrontare. Ce la farai". Aprì il congelatore.

"Con te", aggiunse, sostenendo il suo sguardo. "Non sai quanto le nostre conversazioni siano importanti per me".

"Mi troverete sempre qui dietro il bancone". *Era lì solo per un caffè con un contorno di consigli per essere un buon genitore?* Marina infilò la paletta in un contenitore di gelato alla vaniglia. Ne versò delle porzioni generose in due ciotole e vi fece colare sopra la glassa calda.

Jack la guardò. "A Leo piacciono le noccioline extra".

Aggiunse panna montata e mandorle tritate, e ricoprì i gelati con ciliegie fresche.

"Glieli porto io", disse Marina, uscendo dalla cucina. Kai era già uscita per prepararsi al suo evento.

Afferrando il suo caffè, Jack la seguì.

Dopo aver servito i bambini, Marina riordinò alcuni tavoli prima di tornare in cucina. Sua nonna, l'impareggiabile Ginger Delavie, era lì dentro, e stava cercando le bustine di tè. Aveva messo su un bollitore e tirato fuori due delle sue tazze preferite. Con il suo portamento imperioso e il suo atteggiamento perennemente pronto a fare qualcosa, Ginger emanava un'aria di sagace sicurezza. Il Coral Café esisteva solo perché aveva incoraggiato Marina a rilevare il vecchio cottage degli ospiti.

"Jack e Leo sono diventati degli habitué", disse Ginger, facendo un cenno verso il loro tavolo. "Ma lui lo vizia ogni giorno con quelle coppe di gelato".

"Leo fa molto sport. Brucia tutto ciò che mangia".

Dopo aver scelto un assortimento di tè, Ginger abbassò la voce. "C'è qualcosa di interessante da riferire su Jack?".

Sentendosi frustrata, Marina scosse la testa. Sentiva il calore arrossarle le guance.

"Non per fare la ficcanaso, ma mi sto preoccupando per te", disse Ginger. "Dopo quel terribile Grady, è chiaro che hai bisogno di un secondo parere. E per quanto riguarda Jack…"

"Il nostro rapporto si è semplicemente spento", disse Marina, anche se apprezzava la preoccupazione di Ginger. Dopo la morte dei genitori, la nonna si era sempre presa cura di lei e delle sue sorelle con il massimo amore e attenzione.

"Mi dispiace", disse Ginger, sconfortata. "Pensavo sinceramente che Jack fosse migliore di così". Si lisciò una mano curata sui capelli color ruggine, appena tagliati e tinti nel salone del villaggio. "Comunque, vedila come una prova, mia cara". Fece una pausa. "Jack è un brillante collaboratore, tra l'altro. Sarà una serie di libri meravigliosa. Spero che non ti sentirai troppo a disagio con lui".

"Andrà tutto bene. Credo che ci stia lavorando su parecchio".

Inarcando un sopracciglio, la nonna annuì saggiamente. "Ti ha mai chiesto di uscire?".

Marina scosse la testa. "Mi ha solo definito una "buona amica" e mi ha detto quanto apprezzi i miei consigli da genitore". Si passò una mano sulla spalla. *Era davvero così ottuso?*

Ginger le toccò la spalla. "I buoni amici, a volte, fanno un passo oltre".

"Non questa volta", disse Marina. "Prima pensavo che tra noi ci fosse qualcosa di più". Mentre metteva via gli ingredienti, si chiese se qualche bacio contasse *di più* per uomini come Jack, che avevano viaggiato per il mondo e probabilmente avevano conosciuto innumerevoli donne. Forse qualche bacio non significava nulla per lui.

"Ha bisogno di ambientarsi nel suo nuovo ruolo e nella sua nuova posizione nella vita", disse Ginger, con aria pensierosa.

Marina capì che sua nonna odiava perdere la speranza. "Quindi, stai dicendo che dovrei aspettarlo?".

"Era un'osservazione imparziale, mia cara. Non estrapolarci cose per trovare la risposta che vuoi. Di solito non mi sbaglio, ma questa volta potrei. Devi lasciare andare Jack. Ricorda, la vita si risolve a modo suo, ma solo se ci si impegna". Proprio in quel momento, il bollitore del tè fischiò e Ginger salutò un'altra donna anziana che apparve all'ingresso del patio. "Tempismo perfetto. Ecco la mia amica. Stiamo prendendo il tè prima della grande festa per il debutto di Kai. Sarà divertente. Vado con Maeve, ma ci vediamo lì".

"Non ci vado".

Ginger inarcò le sopracciglia per la sorpresa. "Solo perché tua sorella sembra così sicura di sé, non pensare che non abbia bisogno del sostegno della sua famiglia. Questo è il suo primo spettacolo in un nuovo teatro, e ne beneficerà tutta Summer Beach. Non sei impegnata, quindi metti il cartello di chiusura e uniti a noi per un'ora". Si raddrizzò il colletto della camicia a quadri inamidata.

Marina sorrise. Anche nei suoi jeans casual stirati, Ginger era una forza. "Ci penserò".

"Suona come un *no*".

Marina abbracciò la nonna. "Non estrapolarci cose, Ginger".

Proprio in quel momento, un uomo alto e robusto entrò nella zona pranzo del patio. Guardandolo, Marina disse:

"Vedi, devo restare. Ho un altro cliente". Prese un menu e si diresse verso di lui.

"Benvenuto al Coral Café", disse Marina, indicando un posto privilegiato vicino a Ginger. "Questo tavolo ha la migliore vista sull'oceano".

"Come tutti, sembra. Che bel posto". Lui la guardò con curiosità ed esitò. "Mi scusi. Lei è Marina, vero?".

"Ci conosciamo?"

"Forse non ti ricordi di me, ma ero amico di Stan. Abbiamo prestato servizio in Afghanistan insieme".

I ricordi delle feste serali a base di carte e delle risate le invasero la mente. "Cole, sei tu?"

Un sorriso illuminò il suo viso dall'aspetto vissuto. "In persona. Non sapevo che avessi un locale. L'ultima volta che ti ho sentito stavi dando le notizie del giorno a San Francisco. Che gran cambiamento".

"A volte la vita ci mette i bastoni tra le ruote", disse Marina. Sebbene il suo viso fosse invecchiato e una sottile cicatrice gli tagliasse un sopracciglio, Cole Beaufort era ancora attraente e in forma, come lo era sempre stato. Lui e Stan erano stati molto amici.

"Ho pensato spesso a te", disse lui, facendo un passo verso di lei. "Hai avuto un duro colpo con Stan. Mi manca ancora. Come stanno i tuoi gemelli, Heather ed Ethan, giusto?".

Marina era contenta che si fosse ricordato di loro. "Heather è al college qui vicino e Ethan sta tentando di fare carriera nel mondo del golf. Vuole diventare professionista. E la tua famiglia?".

"Le mie ragazze stanno bene. Helen è all'università e Deborah si è appena fidanzata. Vuole fare di me un giovane nonno". Scosse la testa. "Stiamo davvero diventando così vecchi?".

Marina rise. "Hai ancora un bell'aspetto, Cole. E come sta Babs, è qui con te?".

"Non ce l'abbiamo fatta", disse Cole, i cui occhi marrone

scuro si erano addolciti al ricordo. "I miei spostamenti non hanno giovato. Babs si sentiva sola e scontenta, e non posso biasimarla. Dopo il divorzio, ha sposato un brav'uomo. Un altro Marine, in pensione come me". Cole le porse una sedia. "Puoi sederti con me per qualche minuto? Mi piacerebbe molto fare due parole".

Marina diede un'occhiata al patio. Gli altri ospiti erano andati via e gli unici tavoli occupati erano quelli di Jack e Ginger. Sua nonna poteva servirsi da sola in cucina e Jack non avrebbe avuto bisogno di altro. Lo vide lanciare un'occhiata verso di lei, interessandosi casualmente al nuovo arrivato.

Anche Ginger lo fece.

"Mi piacerebbe", disse. "Fammi sapere cosa posso portarti".

"Una tazza di caffè, se ce l'hai. Non ho molta fame. Dopo essere uscito da Los Angeles nel traffico più lento che abbia mai visto, ho bisogno di rinvigorirmi, sgranchirmi le gambe e guardare l'oceano".

"Arriva subito". Marina si precipitò in cucina. Pochi minuti dopo tornò con due tazze e un piatto di churros spolverati di cannella che aveva preparato quella mattina. Ginger stava parlando con Cole, che si era alzato per conversare con lei.

"Marine una volta, Marine tutta la vita", disse Ginger, con la voce piena di approvazione. "E un buon amico di Stan, che era un'anima meravigliosa. Sono felice che tu sia venuto a trovarci".

"Per pura fortuna", rispose Cole. "È sicura che lei e la sua amica non vogliate unirvi a noi?".

"Grazie, ma probabilmente tu e Marina avete molte cose da dirvi. È stato un piacere conoscerti". Ginger si voltò verso Marina e, alzando leggermente le sopracciglia, le comunicò la sua approvazione prima di tornare dalla sua amica.

Gli occhi di Cole si illuminarono, vedendo il vassoio che

aveva portato Marina. "Sono anni che non mangio churros. Non li facevi, una volta?".

"Certo. Per le nostre partite a carte". Lei gli mise lì davanti, tra di loro, una tazza fumante con decorazioni da spiaggia e i churros.

"Stan era un asso del poker". Cole ridacchiò al ricordo.

"Sembrava che fosse bravo in tutto".

"Non ultimo, nella scelta della sua compagna", disse Cole, attirando l'attenzione di lei.

Marina sorrise a quel complimento. "Pensi di rimanere a Summer Beach o sei di passaggio?".

"Avevo intenzione di fermarmi in un grazioso laghetto a sud di qui per gettare la lenza e magari pescare qualche pesce. Sono qui con il mio camper, e pensavo di starmene in giro per un paio di giorni. Ho sistemato alcuni bungalow che affitto, quindi i miei orari sono piuttosto flessibili".

Marina diede un'occhiata a quello che Cole chiamava camper. Come al solito, Cole era modesto. Un elegante *motorhome* di lusso, che probabilmente costava quanto una casa, era accostato a un lato della strada. La vernice metallizzata blu e argento scintillava alla luce del sole.

Sorseggiò il suo caffè, pensando alla bella vita che stava godendo, ed era felice per lui. "Perché non ti fermi a Summer Beach per qualche giorno? Potrei cucinare di nuovo per te, come ai vecchi tempi".

Cole scosse la testa. "Tu sai cucinare molto bene. Lascia che ti porti fuori, stasera. Abbiamo ancora molto di cui parlare".

Marina esitò, ma sorrise all'idea.

"Non voglio essere presuntuoso", aggiunse rapidamente Cole. "Se c'è qualcun altro…".

"No, non c'è nessuno nella mia vita". Sentendo lo sguardo di Jack su di lei, Marina lanciò un'occhiata a Ginger, che fece un cenno di assenso. Sua nonna si sarebbe occupata del locale quella sera. "Mi farebbe piacere, grazie".

Cole aveva sempre avuto un posto speciale nel suo cuore ed era stato un buon amico per Stan. Chiacchierarono ancora un po' finché Ginger e la sua amica non si alzarono.

La nonna si fermò accanto al loro tavolo, controllando l'orologio. "Guarda che ora è. Forse Cole vuole unirsi a noi per la festa di presentazione dello spettacolo di Kai. La sorella di Marina e un socio stanno aprendo un nuovo anfiteatro a Summer Beach. La sosteniamo tutti".

"Bè, non so se Cole…".

"Mi piacerebbe", replicò Cole. "Dobbiamo sostenere gli sforzi delle nostre famiglie".

"È esattamente quello che ho detto", aggiunse Ginger. "Metterò fuori il cartello *chiuso fino all'ora di cena*. Io vado con la mia amica, ma tu e Cole potete raggiungerci lì".

Dall'altra parte del patio, anche Jack, Leo e Samantha lasciarono il loro tavolo.

Marina alzò la mano e salutò Jack. Se ne accorse anche lui, ma le fece solo un brevissimo cenno.

Anche Ginger notò il brusco congedo di Jack. Strinse le labbra, in quello che Marina riconobbe come un dispiacere.

Le cose stavano così. Per quanto Marina tenesse a lui, doveva rinunciarvi. La loro relazione nascente non stava andando da nessuna parte. Le parole senza i fatti diventavano stantie.

"Finisco qui e vi raggiungo subito", disse Marina a Cole. Lanciò un'occhiata al suo camper. "Ho un'auto più piccola, possiamo prendere quella".

Cole fece un cenno verso la sua elegante dimora su ruote. "Nei viaggi più lunghi, aggancio la mia a rimorchio, ma non pensavo che stasera sarei stato in compagnia di una bella donna".

Marina rise. "È solo una cena". Ma quando guardò i caldi occhi marroni di Cole, notò l'interesse nel suo sguardo.

Prese la tazza di caffè di Jack e i piatti sporchi di gelato dei bambini e li portò nel lavello della cucina.

Marina attraversò in fretta la porta sul retro del cottage principale e salì le scricchiolanti scale di legno fino alla sua vecchia camera da letto d'infanzia, appena dopo le stanze di Kai e Brooke. Dopo essersi tolta la giacca da cuoco, indossò un leggero maglione di cachemire rosa conchiglia sui jeans scuri. Ginger glielo aveva regalato un paio di Natali addietro.

Voleva avere un aspetto decente per Cole, ma solo perché dopo sarebbero andati a cena fuori. Dopo tutto, era stato un buon amico di Stan. Dopo essersi cambiata le scarpe accanto al vecchio letto di ferro, aggiunse un fresco spruzzo di *eau de toilette* alla verbena di limone per mascherare l'odore del locale, che le si era attaccato alla pelle.

Lisciandosi i capelli castano-rossicci allo specchio, pensò a ciò che aveva detto Ginger e sorrise alla sua immagine riflessa. Forse la vita aveva un modo particolare di funzionare.

2

*Q*uando Marina parcheggiò davanti al Seabreeze Inn, Kai era fuori a parlare con Ivy Bay, la proprietaria, e ad accogliere gli altri che stavano arrivando.

"Andate nella sala da ballo", disse Kai, dirigendo le persone. "Axe vi accoglierà".

La figura imponente di Cole emerse dal lato del passeggero della Mini-Cooper turchese di Marina. Superarono le palme ondeggianti e salirono i gradini di pietra della vecchia locanda sulla spiaggia.

"E chi abbiamo qui?", chiese Kai, la cui curiosità era stata evidentemente stuzzicata.

"Questo è Cole, un vecchio amico", rispose Marina. "Lui e Stan hanno prestato servizio insieme in Afghanistan".

Kai si batté un dito sul mento. "Hai un'ottima presenza. Sono sicuro che possiamo trovare una parte per te".

Ridacchiando, Cole alzò le mani. "Non farò l'audizione. Io e Marina andiamo a cena, stasera".

"Ginger ha chiesto che venissimo a sostenerti", disse velocemente Marina. "Cole è solo di passaggio".

"Se cambi idea, questo è un ottimo posto dove vivere", disse Kai. "Alcuni dicono: *la vita è migliore a Summer Beach.* Ci siamo venute sin da quando eravamo piccole e ho sempre voluto tornarci". Lanciò un'occhiata a Marina. "Forse lo farai anche tu, Cole".

"Mia sorella scherza sempre", intervenne Marina. "Entriamo".

"Wow, ma guarda un po'!". Cole varcò la soglia, soffermandosi ad ammirare la grandiosa architettura coloniale spagnola della vecchia casa sulla spiaggia.

Mentre Kai lo seguiva, sussurrò a Marina: "Cercavo solo di essere d'aiuto. È davvero un bel tipo".

"Non ho bisogno del tuo aiuto".

"Immagino di no", disse Kai strizzando l'occhio. "È Jack a rimetterci".

"Cole è un vecchio amico". Marina entrò accanto a lui. Eppure, c'era qualcosa di solido e rassicurante nella sua persona.

Kai e Shelly, la sorella di Ivy, erano diventate amiche e avevano messo a disposizione la sala da ballo della locanda per le prove.

"Che posto incredibile", disse Cole.

"Ha una storia affascinante", rispose Marina. "Mia nonna conosceva la proprietaria originale, Amelia Erickson, anche se dice che non si sente ancora pronta per parlare di lei".

Uno sguardo interessato illuminò il volto di Cole. "Non sono sicuro di capire".

"Questa casa è avvolta da un grande mistero", spiegò Marina. "Nostro nonno era un diplomatico di carriera e anche Ginger ha avuto una carriera affascinante in ambito governativo. Ha molte storie, alcune che può raccontare e alcune che non può, perché sono ancora coperte dal segreto".

"Le sue storie sono più mutevoli delle sabbie mobili, comunque", disse Kai.

Era vero, anche se Marina sospettava che non fosse dovuto a un problema di memoria, ma alla vena creativa di Ginger. Semplicemente, le piaceva intrattenere le persone. Probabilmente Ginger era stata a conoscenza di molti segreti di Stato, proprio come suo marito Bertrand. Forse era il suo modo per tenere tutti con il fiato sospeso, o per intrattenerli.

"Entrate", disse Axe, facendo loro cenno di accomodarsi nella sala da ballo adornata con lampadari, dove in sottofondo risuonavano dei canti natalizi. Era un uomo dalle spalle larghe, con i capelli color sabbia, una profonda voce baritonale e un modo di fare amichevole. I suoi stivali da cowboy del Montana aggiungevano centimetri alla sua struttura già imponente.

Mentre Marina passeggiava sul parquet di legno, che nel tempo si era schiarito fino a raggiungere una piacevole tonalità color miele, i tacchi a spillo che aveva indossato in fretta e furia risuonavano accanto ai mocassini italiani di Cole.

Una scelta interessante per una battuta di pesca, pensò, dando un'occhiata alle sue scarpe. Ma probabilmente aveva spazio per un ampio guardaroba in quel palazzo su ruote.

Poppy, la nipote di Ivy e Shelly, stava appendendo l'ultima fila di calze sopra il grande camino che animava l'ampia sala. Ovunque Marina guardasse, gli ornamenti natalizi d'epoca che avevano trovato alla locanda l'anno prima brillavano incastonati tra i rami d'abete che riempivano la stanza con un aroma festoso e invernale. Anche se in quel periodo dell'anno Summer Beach non era così fredda come San Francisco, a cui si era abituata, apprezzava lo spirito.

"Ciao, Marina", disse Poppy, scostando i suoi capelli biondi e setosi da una spalla. "È così bello vederti".

Marina presentò Cole. "È un vecchio amico di famiglia", disse, decidendo che suonava appropriato.

"È un piacere conoscerti", rispose Poppy. "Tra qualche settimana metteremo l'albero di Natale, la menorah e un candelabro kinara. Ospiteremo i festeggiamenti per il Natale e la Festa delle Luci per i nostri ospiti che verranno a trovarci in questo periodo di ringraziamenti e celebrazioni. Le nostre porte sono aperte a chiunque voglia venire".

Marina guardò Cole ed esitò, ma solo per un attimo. "Se sei qui, forse ti piacerebbe partecipare".

"Lo vorrei davvero", disse lui, toccandole la spalla in modo amichevole. "È questo che mi manca delle piccole città. Sono cresciuto in una comunità agricola nella Central Valley della California. Ai miei figli non piace tornare: di solito passano il Natale con Babs. Molte delle persone che conoscevo si sono trasferite, quindi la città non è più la stessa".

"Allora tutto questo sarebbe divertente per te", disse Marina.

Cole sorrise. "Sono molto contento di averti incontrata. È stato inaspettato, ma è così bello che tu mi abbia accolto".

"Eri come uno di famiglia, Cole. E lo sarai sempre". Marina poteva rilassarsi con lui. Insieme a Stan, si erano presi cura delle loro giovani mogli con tanto amore e attenzione. Marina ricordava quando lei e Babs erano rimaste incinte dei loro primi figli nello stesso periodo. Ma poi Stan non tornò dall'Afghanistan e Cole era ancora in missione. Marina tornò a vivere con Ginger e diede alla luce i gemelli. Sbatté le palpebre di fronte a quei ricordi.

Avere Cole lì era come riavere un pezzo di Stan nella sua vita. Le era mancato.

Vicino al camino, Kai stava confabulando con Axe. Annuendo, si girò verso la folla che si stava radunando e distribuì una pila di fogli. Marina ne prese uno e lo passò a Leilani e Roy Miyake, proprietari del vivaio *Giardino nascosto*, dove aveva acquistato le piante per il suo giardino e per il patio della sala da pranzo.

Accanto a loro sedeva Darla, un'anziana donna che viveva accanto alla locanda. I capelli blu scuro e il berretto con la visiera tempestata di strass erano i suoi marchi di fabbrica, insieme alla sua personalità un po' burbera.

Un minuto dopo, Brooke, la sorella di Marina, entrò di corsa con le sue Birkenstock che sbattevano sul parquet. Ginger le fece cenno di raggiungerla.

Jack era già lì con Leo e Samantha. Dopo avergli fatto un breve cenno, Marina cercò di non guardare nella sua direzione, anche se riusciva a percepire un legame magnetico tra loro.

Marina sospirò. Quei sentimenti dovevano finire. Le possibilità di un futuro con Jack erano scarse. Perché non poteva semplicemente chiederle di uscire e chiarire le sue intenzioni? Avrebbero potuto risolvere la loro attrazione reciproca in un modo o nell'altro, invece di mantenere quel limbo esasperante in cui si trovavano. O forse avrebbe dovuto chiedergli di uscire, ma lei era un po' all'antica su quel punto. Invece di rimproverarsi, riportò l'attenzione su Kai e Axe.

Dopo che la sala si fu riempita, Axe iniziò. "Questa è la presentazione ufficiale del nostro nuovo programma natalizio per il Centro per le Arti Performative di Summer Beach, noto anche come Seashell, ideato dal sottoscritto e dall'impareggiabile Kai Moore, con uno speciale ringraziamento postumo a Charles Dickens. E ora passo la parola a Kai per parlarvi della produzione".

Un applauso si levò tra la folla.

"Woo-hoo!" Shelly urlò, dall'ingresso della stanza.

Kai rise e continuò. "Molti di voi hanno chiesto informazioni sul nostro nuovo spettacolo, e ora posso finalmente dirvi tutto. Rullo di tamburi, per favore!".

Ridendo, la gente batté le mani su poltrone e tavoli. Marina era così orgogliosa di sua sorella. Incrociò lo sguardo di Ginger dall'altra parte della stanza e annuì, contenta che fosse venuta, dopo tutto. Anche se prima era stata scontrosa con Jack, non era un motivo per negare il sostegno a Kai.

Il giorno prima l'aveva sentita chiedere a Jack di fare un provino per lo spettacolo: ecco perché non voleva averci niente a che fare. Ma Summer Beach era anche la sua città. E lo era da molto prima che Jack Ventana arrivasse con il suo vecchio e stupido furgone Volkswagen e il suo cane svitato.

Anche se voleva davvero bene a Scout. Marina si morse il labbro e guardò Kai.

Un sorriso adornò il volto di Kai. "Axe e io abbiamo adattato la storia di un vecchio libro in un musical, aggiungendo il tema della spiaggia. Si chiama *Un canto di Natale… in spiaggia.* Probabilmente conoscete la storia di Ebenezer Scrooge e dei tre fantasmi del Natale. Ci sono varie parti da assegnare, e abbiamo bisogno di una troupe e di altri volontari. Abbiamo stilato un elenco dei ruoli e potete iscrivervi a quelli che vi interessano. Le audizioni iniziano domani al Coral Cottage di Ginger Delavie sulla spiaggia. La mappa è sul retro, se ne avete bisogno".

"Devo avvertire tutti", aggiunse Axe, "che la competizione sarà feroce, quindi date il meglio di voi stessi. Non tutte le parti richiedono di cantare, ma alcune sì. Abbiamo un paio di maestri molto speciali per questo".

"Sarò il vostro direttore, quindi sono qui per aiutarvi". Kai fece un piccolo inchino e poi tese una mano verso l'ingresso. "E riceverete speciali istruzioni da una benefattrice VIP che di canzoni se ne intende. È il nostro *Christmas Carol* personale che più di così non si può, ovvero Carol Reston".

La cantante vincitrice di un Grammy Award, che risiedeva a Summer Beach, uscì da dietro Shelly e salutò. I suoi capelli ricci all'henné erano raccolti sulla testa, aggiungendo un po' di centimetri alla sua struttura minuta. La sua voce era stata la colonna sonora di tante delle loro vite. Marina era cresciuta ballando le canzoni d'amore di Carol alla radio.

"Sarà uno spettacolo favoloso", disse Carol. "Non vedo l'ora di lavorare con il cast e la troupe".

Gli applausi echeggiarono per la stanza e presto tutti si misero a chiacchierare su ciò che volevano fare.

"Stai facendo un provino per una parte?", chiese Cole.

"Non ho tempo", disse Marina.

In piedi lì vicino, Kai la sentì. "Avremo bisogno anche di

molte comparse. Potresti farcela. Un impegno minimo. Andiamo, Marina".

"Vedremo". Solo se Jack non sarà coinvolto, decise Marina, anche se non disse nulla.

"Continuerò a stressarti", aggiunse Kai.

Cole ridacchiò. "Tua sorella sembra ostinata quanto te, Marina". Si batté la tempia. "Non mi sono dimenticato di come giocavi a carte".

Marina rise. "Forse ti sfiderò di nuovo".

"Magari", disse Cole.

Qualcosa nel modo in cui lo disse attirò la sua attenzione. I suoi sentimenti per lei andavano oltre l'amicizia?

"Fammi sapere quando vuoi andare a cena", disse Cole.

Marina prese la borsa. "Sono pronta".

Sapeva che la vita poteva cambiare in un istante. Ma il suo cuore, non tanto. Decisa a non guardare Jack, infilò la mano nell'incavo del braccio di Cole per andarsene.

on lo sportello del frigorifero aperto, Jack si voltò verso Leo. Suo figlio stava facendo i compiti di matematica al tavolo della cucina del loro cottage vicino alla spiaggia. Dalle finestre aperte, il suono ritmico delle onde dell'oceano e la brezza fresca sollevavano il morale di Jack. "Pizza o hamburger stasera?".

Leo alzò lo sguardo e fece una smorfia. "Ehi, papà, ho visto questo programma di cucina in TV. Facevano delle cose fantastiche come quelle che fa zia Denise. Posso aiutarti, se vuoi provare".

"Pensavo che ai bambini non piacessero le cose sofisticate", disse Jack.

"Solo alcune. Mi sto stancando della pizza".

"Non l'ha mai detto nessun bambino", rispose Jack ridendo. "Che ne dici delle crocchette di pollo?".

Leo posò la matita. "Non sono come tutti gli altri. Lo sai che mi piacciono tante cose diverse, vero?".

Jack stava cercando disperatamente di capire tutto di Leo, ma Vanessa aveva dieci anni di vantaggio, e lui stava tentando di recuperare. Inoltre, le sue capacità erano limitate. "Ok, e hamburger sia".

"Potremmo andare al Coral Café?". Leo diede un calcetto alla gamba di legno della sedia. "Mi piace vedere Marina".

"A proposito... forse ho esagerato con le coppe di gelato". E forse non aveva fatto abbastanza con Marina. In silenzio, Jack si rimproverò per essere stato distratto e troppo lento. E ora questo Cole aveva preso il suo posto. Non che Jack avesse alcuna pretesa su Marina, ma non aveva pensato di sentirsi così senza di lei. "Faremo una pausa dal Coral Café".

"Non c'è problema". Leo alzò le spalle. "Le coppe di cioccolato sono buone, ma non tutti i giorni. La mamma dice che sono ricompense speciali. Come quando prendo una A in matematica".

"E sembra che ne prenderai, dopo che Ginger ti ha dato quei consigli. È gentile da parte sua fare volontariato nel programma di matematica a scuola. Assicurati di ringraziarla".

"Certo, papà". Leo si contorse sulla sedia. "Ho fame. Rosa fa degli ottimi tacos al salmone. Mamma dice che sono anche biologici. Dato che ora può mangiare di più, li prendiamo al camioncino di Rosa in paese. Ha detto che lei fa cibo fresco, con molte verdure buone".

"E a te piacciono le verdure, vero?". Il ragazzo le mangiava volentieri, così come avrebbe mangiato una bella mela altrettanto volentieri. Doveva riconoscere che Vanessa aveva fatto un ottimo lavoro nel crescerlo. Jack non doveva rovinare tutto.

Leo annuì. "Potremmo coltivare dei pomodori dalla forma strana come fa Marina? Sono i miei preferiti. Lei li chiama *Cornelio*".

"Cimelio", disse Jack, correggendo il figlio con una risatina. "Li coltivavamo alla fattoria quando avevo la tua età. Li ho piantati per Marina e Ginger dopo che Scout aveva distrutto il giardino". Chiuse il frigorifero e infilò in tasca le chiavi di casa. "Possiamo fare di meglio delle crocchette di pollo. Andiamo da Rosa. Quando il sole tramonterà farà freddo, quindi prendi la giacca". Fischiò a Scout, che si diresse verso di loro dalla sua cuccia nell'angolo.

Con il suono delle onde alle spalle, Jack e Leo percorsero i pochi isolati che li separavano dal villaggio e si misero in fila al famoso furgoncino. Scout rimase vicino a loro.

Arrivato a Summer Beach, Jack aveva subito scoperto che Rosa e la sua famiglia servivano piatti messicani freschi alla gente del posto da tre generazioni, e un'altra era pronta a prendere le redini dell'attività. Mangiare così bene era un vero piacere. Gli mancava il cibo di strada di New York, dove poteva uscire dal suo appartamento e prendere un delizioso hot dog caldo a mezzanotte da un venditore all'angolo. Anche in una notte fredda e nevosa.

Tuttavia, del pesce fresco alla griglia con lattuga, cavolo, pomodori, carote e cipolle biologiche coltivate in casa era probabilmente migliore per lui e Leo. E le tortillas di mais fatte in casa, insieme alla salsa piccante al peperoncino jalapeño erano gustose.

Quando lo stomaco di Jack brontolò, Leo rise. Jack si premette la mano sulla pancia, che da quando si era trasferito lì era diventata più piatta. Cercando di tenere il passo del sindaco Bennett sulla spiaggia, era diventato più magro e aveva messo su muscoli. A Summer Beach si sentiva più sano e simile al tranquillo ragazzo di una fattoria in Texas che era stato un tempo.

Jack si mordicchiò l'interno della bocca. Ogni tanto aveva ancora voglia di una sigaretta, ma aveva ceduto solo una volta, dopo un paio di Martini con un vecchio amico di New York che era passato in città. Tuttavia, quando pensava a Marina, il desiderio si faceva più forte. Era un segno della sua frustrazione, e non era sicuro di cosa fare.

Dopo aver ordinato e preso i tacos e le orzate ghiacciate alla vaniglia e cannella, Jack condusse Leo a una panchina con vista su Main Street da un lato e sull'oceano dall'altro. Seduto, respirò la brezza marina. Il sole stava tramontando, proiettando raggi dorati sulle onde e illuminando il cielo con sfumature coralline. Scout ansimava ai suoi piedi.

"Questa è la vita, Leo", disse Jack, passando la mano sulla scena. "Due ragazzi, ottimi tacos, un cane niente male e la spiaggia. Che altro?". Mise della salsa jalapeño sui suoi tacos e aggiunse altra salsa piccante. Adorava quel sapore forte, quanto più era piccante più gli piaceva, anche se poi probabilmente ci sarebbe stato un prezzo da pagare.

"Ehi, c'è Marina", disse Leo. Fece un cenno di saluto dall'altra parte della strada. "Ciao, Marina!"

Jack alzò lo sguardo. Marina stava entrando in un ristorante con l'uomo con cui era stata alla locanda. "Shhh", disse Jack.

Leo si accigliò. "Perché? È nostra amica".

"Beh, sì, ma…". Jack non aveva una buona risposta da dare, in quel momento. "Ha un appuntamento. Alla gente piace avere un po' di privacy".

Marina si girò. "Ciao, Leo". Sorrise e salutò, poi il suo accompagnatore le aprì la porta di *Beaches*. Anche se Jack non ci aveva mai mangiato, era noto come il ristorante più bello e più romantico di Summer Beach.

Le orecchie di Scout si drizzarono e lui mugolò verso Jack. "Fermo, bello". Anche il suo cane voleva stare con Marina.

"Sta uscendo con quell'uomo?". Leo sembrava preoccupato.

"Sembra di sì". Jack non sapeva come parlare di relazioni sentimentali con Leo, e si chiedeva quanto ne sapesse suo figlio.

Uno sguardo triste attraversò il volto di Leo. "Immagino che vada bene così, perché mi hai detto che Marina non è la tua ragazza". Leo fissò il suo taco. "Vorrei che lo fosse, però. Dovresti chiederle di uscire, papà. Credo che le piacerebbe".

Jack quasi si strozzò con la sua orzata. "Forse lo farò".

"Sarebbe bello", disse Leo. "Se fosse la tua ragazza, potremmo vederla sempre. E potreste sposarvi".

Anche Scout alzò lo sguardo con il suo stupido sorriso sbilenco.

Jack si sentiva in minoranza. Perché era stato così idiota? Era orgoglioso di riuscire a stare dietro alle cose che contavano davvero. Di solito era bravissimo a notare i dettagli più importanti, mettere a punto una storia e mettere in ordine fonti e interviste.

Eppure, nonostante il suo successo nel giornalismo investigativo, era stato un pessimo fidanzato. Molte donne glielo avevano detto. Vanessa non era nemmeno interessata a lui, al di là di quell'unica, furtiva serata in cui avevano visto la morte in faccia.

"Forse ho bisogno di prendere lezioni per essere un buon fidanzato", borbottò tra sé e sé.

Leo ridacchiò. "Anch'io".

Basta pensare ad alta voce! Jack avrebbe voluto prendersi a schiaffi. Vivendo da solo per così tanto, aveva preso l'abitudine di borbottare da solo. Non se n'era nemmeno accorto finché Leo non aveva cominciato a farglielo notare.

"Penso che ne avremmo bisogno entrambi", disse Jack. Pronto o no, sembrava che stesse per affrontare l'argomento con Leo.

Leo alzò il viso verso Jack. "Dove si va a prendere lezioni?".

"Non saprei", disse Jack con una risata.

"Lo cercherò online", disse Leo, afferrando il telefono di Jack accanto a loro. Premette un tasto e parlò nel telefono. "Cerca: come essere un buon fidanzato".

"Aspetta un attimo".

Il figlio fissò lo schermo e aggrottò le sopracciglia. "Papà, cos'è un...". Si fermò e scandì quella parola sconosciuta. "Afrodisiaco? L'ho detto bene?".

"È una parola da adulti", esclamò Jack, strappando il telefono dalle mani del ragazzo. "Ne parleremo più tardi. Tra qualche anno. Mangia il tuo taco".

"Ho detto qualcosa di sbagliato?"

"Dimentica tutto questo. Tutto, compresa Marina".

"Perché?"

"È complicato", disse Jack con un sospiro. Anche fare il genitore lo era.

"Potrei aiutarti a sbrogliare la matassa". Leo si illuminò. "Potrei chiederle un appuntamento per te. Il mio amico ha fatto così".

"Aspetta un attimo... stai uscendo con qualcuno?" Jack fece dondolare il piatto e un taco scivolò via.

Scout balzò in piedi, intercettando il taco a mezz'aria con l'abilità di un giocatore di football professionista.

"Scout, no!" Jack si tuffò su di lui, ma Scout lo schivò, con in bocca il suo premio.

"Il mio amico, sì. Ma è più grande. Ha dodici anni".

"Dodici?" Jack squittì. Si rialzò dal marciapiede. Altro che lezioni per essere un buon fidanzato, lui aveva bisogno di lezioni su come essere un buon padre. *Subito.*

Scout sgranocchiò il taco e lo inghiottì, ma un attimo dopo iniziò a scuotere la testa. Indietreggiò, si sfregò il muso e cominciò a ululare.

Jack alzò le mani: "Ho cercato di fermarti, vecchio mio".

"Cosa c'è che non va in Scout, papà?", chiese Leo, allarmato.

"Quel taco era piuttosto piccante". Jack gli allungò l'orzata. "Bevi un po', bello".

Scout ringhiò e abbaiò contro di lui, allontanandosi ulteriormente.

La gente del villaggio cominciò a voltarsi nella loro direzione.

"Calmati, Scout". Jack lo raggiunse, ma Scout continuava ad abbaiare e ad indietreggiare. Si affrettò a prenderlo, ma Scout gli sfuggì dalla presa e si diresse verso il ristorante.

In piedi lì fuori, Scout scalpitava contro la porta, abbaiando.

Con il cuore in gola, Jack gli corse dietro. Sapeva dove era diretto quel cane, e doveva fermarlo.

Proprio in quel momento, un avventore aprì la porta e Scout entrò.

4

Con la mano di Cole delicatamente appoggiata sulla spalla, Marina entrò da *Beaches*. Quel suo semplice tocco le dava un notevole senso di sicurezza. Si era sempre sentita a suo agio con lui. Sebbene fosse certamente un uomo attraente, all'epoca non lo aveva considerato molto perché era follemente innamorata di Stan.

In quel momento, averlo lì le riportava alla mente tanti ricordi comuni. Era come tornare a casa, in un tempo e in un luogo più sicuri, prima che il suo mondo esplodesse. Ma soprattutto, Cole era un Marine. Accanto alla sua solida e imponente statura, si sentiva al sicuro e protetta.

Cole fece un gesto verso l'ampia distesa di finestre ornate con festoni e bacche di agrifoglio rosso. "Abbiamo un posto in prima fila per il tramonto".

"È bellissimo", disse Marina. Con quelle vetrate che incorniciavano la spiaggia, la vista era una delle principali attrattive di *Beaches*. Il ristorante godeva di un'ottima reputazione anche per il suo menu. La chef aveva partecipato alla gara di cucina *Taste of Summer Beach* che Marina aveva organizzato quell'estate, e Marina era rimasta colpita dai suoi gamberi alla provenzale.

Marina disse il suo nome al maître e lanciò uno sguardo nella cucina aperta. "C'è la chef Marguerite?".

"Le farò sapere che è qui".

Qualche istante dopo, una donna robusta uscì dalla cucina. "Marina, sei tu? Benvenuta nel mio ristorante".

"Era da un po' che volevo venire a trovarti, ma sono sempre occupata al mio locale". Marina presentò Cole.

"Sono molto contenta di conoscervi", disse Marguerite. "Russell, il nostro maître, si prenderà cura di voi". Sollevò il mento verso il suo dipendente. "Uno dei migliori tavoli per loro, cortesemente".

Russell li accompagnò a un tavolo che si affacciava sulla spiaggia, dove le onde si infrangevano sulla riva e si rovesciavano sulle rocce, facendo salire degli spruzzi spumeggianti. Con il tramonto a illuminarli, e le lucine delle candele che tremolavano sul tavolo, Marina pensò che fosse uno degli ambienti più romantici che avesse mai visto a Summer Beach. O in qualsiasi altro posto.

Mentre guardavano il menu, la chef Marguerite fece arrivare al tavolo una bottiglia di Bordeaux. Un cameriere la aprì e versò loro due bicchieri.

"È stata una scelta meravigliosa, Cole. Come facevi a sapere di *Beaches*?".

"Ne stavo parlando con il sindaco, alla locanda. Mi ha detto che è uno dei ristoranti preferiti di Summer Beach. Bennett sembra un tipo simpatico".

Marina sorrise. "Lo è. Lui e la mia amica Ivy si sono sposati quest'estate".

"Sul serio?" Sul volto di Cole spuntò un sorriso e si avvicinò. Alzando il bicchiere verso di lei, disse: "Credo che non sia mai troppo tardi per riprovarci".

Il collo di Marina si scaldò al suo commento, ma non riuscì a resistere alla domanda che le veniva in mente. Dopo tutto, erano amici. Appoggiò il suo bicchiere a quello di lui. "E lo hai fatto?".

"Non proprio. Dopo il divorzio, ero piuttosto distrutto. Alcuni amici mi hanno fatto incontrare delle belle donne, ma non erano Babs. Non mi ero mai reso conto che i piccoli problemi che avevamo sarebbero sfociati in quello che poi è successo. Ho perso l'amore della mia vita, ma ormai è storia passata". Cole distolse lo sguardo, apparentemente imbarazzato da ciò che aveva appena rivelato. "Comunque, quando ho capito che non avrei mai trovato una donna come lei, erano tutti già andati avanti nel loro percorso di vita, e io non avevo più amici".

"Posso capirlo". Il cuore di Marina si strinse a lui. Aveva perso una persona che amava moltissimo.. Sembrava un vero peccato, ma supponeva che ormai fosse troppo tardi.

Cole fece roteare il vino e lo sorseggiò. "Ho scoperto che ci vuole molto tempo per conoscere qualcuno".

"Certo che sì", disse Marina. Pensò a Grady, il suo ex fidanzato. Quanto poco aveva conosciuto la sua vera natura. Quando una giornalista del telegiornale aveva allegramente dato la notizia del suo fidanzamento con una celebrità molto più giovane, Marina aveva avuto una crisi di nervi davanti alla telecamera. Tutto ciò le era costato un posto da conduttrice a tempo indeterminato e la sua dignità. Il futuro che aveva progettato per loro era scomparso in un attimo.

Lo sguardo di Cole si distese, e quasi gli comparve un sorriso sul volto. "Cercare di incontrare qualcuno con cui passare il resto della mia vita sembrava un'impresa impossibile, così ho lasciato perdere. I miei figli e il mio lavoro mi tengono abbastanza impegnato, e viaggio ogni volta che posso. Se è destino che nasca un'altra relazione, penso che l'opportunità si presenterà".

"È quello che dico anche a me stessa", disse Marina. Questa volta il suo pensiero andò a Jack. Le possibilità con lui stavano diventando sempre più scarse. Anche se non aveva fretta, non voleva nemmeno essere ignorata e presa in giro.

"E tu?", chiese Cole. "C'è qualcuno di speciale nella tua vita?".

Si infilò i capelli dietro l'orecchio, temporeggiando per un momento. Cole non voleva sentire parlare dei suoi fallimenti in amore. Invece, Marina gli rivolse un sorriso semplice e disinvolto. "Heather e Ethan occupano molto del mio tempo". Anche se, dopo il loro trasferimento, si era sentita un po' sola.

Cole si premette un dito sulle labbra, pensieroso. "Può essere che abbia sentito parlare di te e di un architetto, a San Francisco?".

Con orrore, Marina si rese conto che doveva aver visto il meme che girava su internet della sua reazione alla notizia del fidanzamento di Grady. Il suo tacco era rimasto incastrato nella sedia, facendola finire accidentalmente a terra. Non l'uscita più aggraziata che avesse mai fatto. Se solo quel filmato non fosse stato riprodotto a ciclo continuo, con una colonna sonora di risate, per milioni di persone sui social media e nei talk show notturni. Sospirò.

"In fondo, non eravamo adatti l'uno all'altra", disse Marina con leggerezza, sperando che la luce della candela mascherasse le sue guance arrossate. Portò il vino alle labbra.

Tuttavia, con la coda dell'occhio, vide saettare qualcosa di peloso.

Come un fulmine giallo, Scout entrò nella sala da pranzo e le saltò addosso, con gli occhi spalancati per lo spavento, mugolando per l'angoscia.

"No! A terra, Scout!". La sedia di Marina si ribaltò all'indietro e lei atterrò sul pavimento con Scout accasciato sopra, rannicchiato come se fosse spaventato a morte. Il vino fece un arco per aria e si rovesciò su di loro, mentre la donna al tavolo vicino lanciò un urlo.

Cole saltò in piedi. "Ma che diavolo…?" Con un movimento rapido, trascinò via Scout per la collottola con una mano e aiutò Marina con l'altra.

Jack apparve alle sue spalle. "Lascia andare il mio cane".

Scout piangeva e sbatteva le zampe su Marina, mentre i camerieri correvano freneticamente dietro alle candele ancora accese che rotolavano sul pavimento di legno.

"Non ti vuole", disse Marina, raggiungendo Scout mentre il suo istinto materno si faceva sentire. "Cole, lascialo andare. C'è qualcosa che non va".

Scout si grattava la bocca, come se qualcosa gli provocasse dolore.

Marina si inginocchiò e abbracciò al petto quel cane piagnucolante. Erano entrambi coperti di vino rosso, quindi non aveva importanza. "Cosa c'è che non va, povero cucciolo?".

Jack si passò una mano tra i capelli, apparentemente imbarazzato. "Ha bisogno di acqua. Molta, probabilmente".

"Cole, mi passi il bicchiere?". Marina lo portò alla bocca di Scout. Il cane bevve avidamente. "Cosa gli è successo?"

Jack si spostò nervosamente da un piede all'altro. "Ha mangiato un taco con sopra un sacco di salsa e condimenti molto piccanti".

"Gli hai dato da mangiare un taco?". Marina gli lanciò un'occhiataccia. "Non è cibo per cani. Che razza di imbecille sei?".

Leo apparve accanto a Jack, ansimante. "È stato un errore", disse, con le lacrime agli occhi.

"Lo posso assicurare". Leo aveva più compassione di Jack. Smorzando la rabbia, Marina cullò la testa di Scout tra le braccia e portò di nuovo il bicchiere d'acqua al muso. Quel povero cane non riusciva a bere abbastanza.

Una coppia al tavolo accanto, che aveva appena terminato la portata principale, se ne andò bruscamente. Il maître si precipitò da Marina. "Mi scusi, signora, ma non possiamo farla restare qui con questo cane. Anche se siete amici dello chef".

"Andiamo", disse Jack, raggiungendo Scout. "Mi occuperò io di lui".

"No, può venire a casa con me", scattò Marina. "Non sai come prenderti cura di un cane, figuriamoci di un…". Si interruppe prima di dire qualcosa di cui si sarebbe pentita.

"Vi accompagno io", disse Cole con tono calmo, prendendo le redini della situazione. "Il cane lo mettiamo dietro, oppure puoi tenerlo tu".

Il labbro di Leo tremò e cominciò a piangere. "Non è stata colpa di Scout. Non sapeva cosa stava facendo. Non portatelo via".

Marina tese una mano a Leo, e lui le gettò le braccia al collo, abbracciandola insieme a Scout.

"Non punirlo", gridò Leo.

"Voglio solo assicurarmi che stia bene", disse Marina, lisciando i capelli di Leo e asciugandogli le guance. Si sentiva in colpa per lui. Cosa stava pensando Jack?

Leo tirò su con il naso e si passò una mano sugli occhi. "Posso venire anch'io con te?".

Il maître alzò le mani in segno di esasperazione e Cole tornò a rivolgersi a Marina. "Possiamo farci stare anche il ragazzo". Tese loro le mani. "Ma ora dovremmo andarcene".

"Leo resta con me", disse Jack a denti stretti. Si avvicinò a suo figlio e gli prese la mano.

"Andiamo tutti, con calma", disse Cole, alzando un palmo della mano. Aiutò Marina e Scout a raggiungere la porta.

Marina condusse Scout fuori. Una volta fuori, il cane si calmò e tornò ad avvicinarsi a Jack.

"Ehi, mi dispiace, bello", disse Jack, massaggiando il collo di Scout. "Sei stato troppo veloce per me. Ma d'ora in poi ci andrò piano con la salsa piccante".

"Sarà meglio", disse Marina. In piedi sul marciapiede davanti al ristorante, incrociò le braccia. Jack era un disastro. Come aveva potuto pensare di avere qualcosa in comune con quell'uomo-bambino troppo cresciuto? "E non pensare nemmeno di dargli cioccolato, alcol o cipolle".

Jack la fulminò con lo sguardo. "Mi prendi per un completo idiota?".

"Sarà meglio che non ti risponda". Marina strinse le labbra in segno di disgusto. "Tu o Leo potete trovare online un elenco di cibi problematici per i cani in circa tre secondi. Ti suggerisco di farlo, per il bene di Scout".

"Sono perfettamente in grado di badare a Scout e Leo", disse Jack con una smorfia. "Forza, ragazzi. Andiamo a casa a piedi".

"Papà, ho ancora fame". Leo indicò i tacos che aveva lasciato sulla panchina. Un gatto soriano stava prendendo un pezzo di pesce dal taco.

"Vado a dare una pulita", disse Jack. "E ne prenderemo degli altri da portare via".

Mentre Jack gettava via gli avanzi del cibo di Leo, Marina si inginocchiò e lo salutò. "Chiama me o tua madre se hai bisogno di qualcosa. Me lo prometti?" Gli diede un bacio sulla guancia.

"Promesso".

Jack lo richiamò. "Leo, vieni con me".

Mentre Leo trottava dietro al padre, Marina lo guardò andare via. Il ragazzo aveva un'aria triste che le spezzava il cuore. Almeno, c'era Vanessa.

"Stai bene?", chiese Cole.

Marina annuì e prese il suo braccio saldo. Quello era il tipo di uomo che avrebbe dovuto prendere in considerazione. "Non me l'aspettavo proprio. Vuoi tornare al ristorante?".

"Un altro giorno", disse. Cole fece un gesto verso il suo maglione di cachemire. "Forse è meglio che ti cambi al più presto".

Marina abbassò lo sguardo. Il vino rosso aveva macchiato le fibre color rosa conchiglia e tutto il davanti era pieno di impronte di zampe sporche. "Sono un tale disastro. La mia vita non è sempre così, giuro".

Cole ridacchiò. "Sono sicuro che non lo è. Ti ricordo

come una persona intelligente e ben organizzata. Andiamo, ti riaccompagno io. Mentre ti cambi, posso prepararti un ottimo panino al formaggio grigliato nel vecchio camper".

"È gentile da parte tua, ma torna al cottage con me. Mi cambierò e potremo cucinare insieme. Forse c'è Ginger, e sono sicuro che le piacerebbe sentire questa storia. E ha una cantina incredibile. Dormirai nel tuo camper stanotte?".

"Se posso lasciarlo dov'è".

"Sono sicuro che non sarà un problema". Sorrise. "E guiderò io. Non so se riusciresti a starci, dietro il volante della Mini-Cooper".

5

"Un'altra fetta di frittata, Cole?". Usando la paletta da portata d'argento di Ginger, Marina ne sollevò una saporita porzione con zucca e cipolle saltate. Si sedettero al tavolo vintage di formica rossa nella cucina di Ginger, illuminata dal sole del mattino.

La sera precedente, dopo essere tornati al cottage, Marina aveva preparato i suoi panini al formaggio grigliato con Havarti, Fontina e Gruyère su pane a lievitazione naturale spalmato di pesto, con pomodori a fette sottili e cipolle verdi dell'orto. Dopo aver trascorso la serata a chiacchierare e a ridere, Cole era andato a dormire nel suo camper.

"Perché no", rispose Cole. "Queste uova sono deliziose, niente a che vedere con il cibo in scatola che mi sarei riscaldato nel camper".

"Sembra piuttosto comodo", disse Marina, facendo un cenno verso l'elegante motorhome parcheggiato fuori. Era facilmente paragonabile a quei van turistici utilizzati dai personaggi del mondo dello spettacolo.

"È abbastanza bello per uno scapolo, e mi dà la libertà di andare quasi ovunque possa guidare", aggiunse tra un boccone e l'altro. "Vado a trovare i miei figli e i miei amici, soprattutto i Marines dei vecchi tempi, quando riesco a trovarli".

Marina sorseggiò il suo caffè, contenta che lui apprezzasse il suo cibo. "Sembra che tu abbia una bella vita, Cole. Sono felice per te".

"Lo è, e so di essere fortunato. Tuttavia, può capitare di sentirsi soli". Fece un respiro come se volesse fare una domanda, ma prese un altro boccone.

Ginger entrò in cucina, interrompendo quel momento imbarazzante. "Che bello avere un uomo in casa", disse sorridendo. "Dopo che avrai finito la sontuosa colazione che ti ha preparato mia nipote, mi chiedevo se potessi dedicarmi un po' di tempo per aiutarmi. Ho alcune cose da fare sulla lista, ma non ne ho voglia. E Kai terrà delle audizioni qui più tardi".

Cole rise. "Ne sarei felice".

Marina notò che Ginger indossava i suoi abiti da lavoro, o meglio, la sua personale versione degli abiti da lavoro. Jeans blu scuro stirati, camicia a quadri bianca e blu, e scarpe da ginnastica alte color cammello. Con dei discreti orecchini di perle e una sciarpa sbarazzina di cotone al collo, Ginger riusciva sempre ad essere chic, anche quando aveva in programma di lavorare in casa o in giardino. Tutte loro avrebbero potuto prendere lezioni di stile dalla nonna.

Marina sembrava avere solo due modalità, a proposito di stile: gli abiti di taglio classico che doveva indossare in onda e il suo vecchio abbigliamento da spiaggia.

"Mi sorprende che Kai non sia ancora scesa", disse Marina. "Soprattutto perché le prove iniziano oggi pomeriggio".

"È uscita presto questa mattina per incontrare qualcuno al teatro", replicò Ginger. "L'ho vista mentre andavo a fare meditazione sul crinale. Se n'è andata anche prima che Brooke arrivasse a prendere il pane e i muffin per il mercato agricolo".

Cole sembrava impressionato. "La forma fisica è importante in ogni fase della vita".

"Visto che sei così in forma, puoi aiutarmi in giardino", gli disse Ginger. "A meno che tu non abbia di meglio da fare, anche se non riesco a immaginare cosa, se hai intenzione di continuare a gustare le delizie fresche dell'orto di Marina".

Marina ridacchiò, mentre la punta delle orecchie di Cole diventava rosa.

"No, signora. Sarei onorato di aiutarla, non appena avrò pulito i piatti della colazione".

"Apprezzo l'offerta, ma non sei obbligato", disse Marina. Tuttavia, Cole era pronto a dissentire. Questa era una cosa di lui che le piaceva.

Dopo aver finito di mangiare, Cole lavò i piatti della colazione mentre Marina si rilassava, e lei fu colpita dalla sua efficienza. Sapeva che faceva parte del suo addestramento da Marine e le ricordava Stan. Era bello averlo intorno, e le piaceva parlare dei vecchi tempi con lui. Non aveva molti amici risalenti a quell'epoca.

"Ho quasi tutto pronto in salotto", disse Ginger.

"Che cosa avevi in mente di fare?", chiese Marina.

Gli occhi di Ginger si illuminarono con un sorriso. "Oltre a quelle lampadine sul soffitto a cui non riesco mai ad arrivare, ho pensato che dovremmo trovare qualcosa che sia d'ispirazione alle persone che faranno l'audizione oggi. Anche se di solito inizio ad appendere le decorazioni per le feste un po' più in là, ho deciso che dovremmo farlo prima. Da questa parte", disse, indicando le stanze della parte anteriore della casa.

Sua nonna aveva già tirato fuori le decorazioni mentre Marina preparava la colazione. "Abbiamo ancora qualche scatola nel magazzino", disse Ginger. "Cole, sii gentile e aiutami con quelle".

"Metto via i piatti e vi raggiungo subito", disse Marina,

raccogliendo le stoviglie che Cole aveva lavato. Seguì Ginger nel ripostiglio.

Marina doveva riconoscerglielo. Sapeva che allestire le decorazioni natalizie di sua nonna di solito era un lavoro che richiedeva qualche giorno, ma con Cole e i suoi modi di fare efficienti, tutto sarebbe stato molto più veloce. Avrebbero potuto finire per l'inizio delle audizioni, anche se Marina doveva anche occuparsi dei clienti all'ora di pranzo.

Fortunatamente, ora c'era Brooke a gestire la bancarella al mercato agricolo. Ogni sabato mattina, sua sorella passava a prendere i prodotti da forno di Marina e vi aggiungeva i suoi ortaggi biologici appena raccolti. Brooke si divertiva a gestire il loro stand e si concedeva una pausa da suo marito Chip e dai loro tre chiassosi ragazzi.

Dopo che era fuggita di casa l'estate precedente, in preda alla frustrazione per quello che definiva "il suo branco di cani selvatici", aveva raggiunto un accordo con Chip in base al quale lui e i ragazzi avrebbero pulito la casa il sabato mattina mentre lei era al mercato agricolo, oltre a sbrigare altre faccende. Finora, la cosa funzionava.

Insieme all'aiutante part-time che Marina aveva assunto, il fatto che Brooke gestisse la bancarella del mercato agricolo le dava tempo per vivere in modo più equilibrato, soprattutto nei fine settimana.

La direttrice del mercato, Cookie O'Toole, le aveva detto del talento naturale di Brooke. Sua sorella condivideva ricette e consigli di giardinaggio, e aveva esaurito le sue verdure biologiche. Vendeva anche il pane, i biscotti e le crostate di Marina. Con quella personalità rassicurante e materna, la gente si fidava di lei e dei suoi consigli. Quando parlava dei benefici dei broccoli e delle fibre per la salute, la gente ascoltava.

Marina era contenta di aiutare Brooke e ciò le permetteva di avere più tempo libero. Dopo il periodo estivo, aveva anche iniziato a tenere chiuso di lunedì. Avviare quell'attività era stato un lavoro duro, e lei era sollevata di aver ritrovato un po' di equilibrio nella sua vita.

Dopo aver riordinato la cucina, Marina raggiunse Cole e Ginger in salotto.

"È quasi tutto", disse Ginger, osservando le pile di scatole.

Cole alzò le sopracciglia. "Se c'è dell'altro, posso occuparmi anche di quello".

"Le decorazioni esterne sono nella capanna degli attrezzi", disse Ginger. "Ci penseremo dopo. Non hai idea di quanto stia apprezzando il tuo aiuto".

Marina rise. "Cole, ti stai già pentendo di esserti fermato a bere qualcosa al Coral Café?".

Sorridendo, Cole disse: "Niente affatto. Anzi, credo che sia stato un colpo di fortuna essere approdato qui".

Sul volto di Ginger comparve un sorriso. "Sei sicuro che sia stata fortuna e non faccia parte di una missione di ricognizione?".

Questa volta le orecchie di Cole si colorarono di una tonalità più intensa. "Ammetto di aver letto una recensione del Coral Café online. E potrei aver visto che era gestito dalla mia vecchia amica Marina Moore. Ma avevo davvero intenzione di andare a pescare".

Marina aprì la bocca per lo stupore. "Come fai a saperlo, Ginger?".

La nonna si limitò a scrollare le spalle. "A volte ci sono troppe coincidenze. Dopo aver calcolato le probabilità, basta un semplice processo di eliminazione delle teorie alternative per giungere a una supposizione logica. Ho testato la mia teoria, e Cole l'ha appena dimostrata. Pertanto, il caso è chiuso".

Ora le guance di Cole stavano diventando rosse. "Pensavo che sarebbe stato bello riallacciare i rapporti con sua nipote, signora". Il tono di voce di Cole mostrava un nuovo livello di rispetto.

Soddisfatta, Ginger annuì. "E chiamami pure Ginger.

Sappi che non ci sono molte cose in grado di sfuggirmi. Ma sei un ragazzo così caro che ti perdonerò". Inclinando la testa verso Marina, disse: "Inoltre, non posso certo biasimarti. Lei è adorabile, non è vero?".

"Guarda che sono qui", disse Marina, mettendosi una mano sul fianco, divertita solo in parte. Ginger a volte metteva in imbarazzo le persone con la sua schiettezza.

"Certo che lo so, cara". La nonna indicò un'alta credenza. "Potresti prendere l'altra estremità della ghirlanda con Cole e appenderla lassù?".

Prima che Marina potesse fare altre domande a Cole, Ginger mise un classico album natalizio di Bing Crosby sul suo giradischi d'epoca e continuò a dirigere l'allestimento delle decorazioni. Nonostante il dolce suono di *White Christmas*, Marina non poté fare a meno di chiedersi perché Cole non le avesse detto che aveva in mente di andare a trovarla a Summer Beach. E perché si era comportato come se si trattasse di un incontro casuale?

Tuttavia, un'occhiata all'espressione soddisfatta di Ginger aveva risposto alle sue domande. Cole era solo. Lo aveva detto lui stesso. Ginger sapeva che anche a lui sarebbe piaciuto appendere le decorazioni con loro, visto che si stava chiaramente divertendo.

"Quando avrete finito, gli alberi di Natale andranno ai lati del camino", disse Ginger. "E un altro paio vicino alla porta d'ingresso".

Marina si mise al lavoro con Cole e in breve tempo iniziarono a ridere tutti insieme, mentre sistemavano le decorazioni nelle varie stanze. La maggior parte di quegli ornamenti le ricordava l'infanzia e le trasmetteva una calda, nostalgica sensazione. Alcuni erano stati regali dei suoi genitori, prima che morissero nell'incidente d'auto di quella terribile notte. Marina sollevò un San Nicola d'epoca che aveva fatto sua madre. Sorridendo, lo mise al posto d'onore sul tavolo della sala da pranzo.

Seguirono altre ghirlande verde bosco, calze ricamate in modo elaborato e degli squisiti ornamenti in vetro soffiato a mano che Ginger e Bertrand avevano preso nei vari paesi d'Europa. Ognuno raccontava una storia e Marina amava ascoltarle, anche se cambiavano leggermente di volta in volta.

Marina sollevò un lembo della ghirlanda e lo appese al caminetto. "Che te ne pare, Ginger?"

Proprio in quel momento, la porta d'ingresso si aprì. "A sinistra, a sinistra", intonò Kai, agitando le mani spalancate. "Aspettate di vedere quante persone si sono iscritte alle audizioni. Oggi pomeriggio ci sarà il pienone". Si guardò intorno. "Wow, guardate queste decorazioni! Di sicuro aiuteranno le persone a calarsi nei loro personaggi".

"Non stare lì impalata", disse Marina con un allegro ammonimento. "Dacci una mano".

Dopo aver visto l'entusiasmo di Kai e quello della comunità il giorno precedente, un senso di calore e di felicità pervase Marina. Quell'anno sarebbe stata circondata dalla famiglia e da nuovi amici; sarebbe stato il Natale più allegro che avesse conosciuto da anni.

Marina lanciò un'occhiata a Cole, chiedendosi se anche lui sarebbe tornato per le vacanze. Tuttavia, a quel pensiero, fu pervasa da un senso di agitazione. Aveva pensato di trascorrere le feste con Jack e Leo, ma con la loro relazione in sospeso, non sembrava così scontato. Eppure, le era piaciuto scegliere dei regali particolari per Leo, anche se non aveva ancora comprato nulla per Jack. Era giusto così.

"Dove vorresti mettere Santa Claus e la sua signora?", chiese Kai, tirando fuori da una scatola un paio di personaggi cuciti e impagliati a mano.

"Accoccolati sul divano, per favore", rispose Ginger.

Marina aprì un'altra scatola. "E le candele per le feste?".

"Disponetele su qualsiasi superficie possiate trovare", rispose Ginger. "Un gruppo sul tavolo della sala da pranzo sta sempre bene. Mettete lì anche la menorah d'argento e aggiungete altre candele alla lista della spesa. Ospiteremo molti amici durante queste feste". Si rivolse a Cole. "Mentre le ragazze tirano fuori le decorazioni per la casa, possiamo occuparci di quelle esterne".

"Non dimenticare la tavola da surf di Babbo Natale", disse Kai, scartando una palla di neve d'epoca che rappresentava il Polo Nord.

"Me ne ero quasi dimenticata", disse Marina. "Da bambine avevamo dipinto una vecchia tavola. Non sapevo che fosse ancora in giro".

"È da un po' di tempo che non torni qui per Natale", disse Kai con tono deciso.

Quando Cole corrugò le sopracciglia perplesso, Ginger si affrettò a dare una spiegazione. "Per me era più facile andare a trovare Marina e i suoi figli a San Francisco. Kai era sempre qui durante le sue vacanze dalla compagnia tetrale".

"Anch'io andavo spesso a San Francisco", disse Kai. "Mi piace vedere le decorazioni di Union Square e del St. Francis Hotel. E fare shopping lì è meraviglioso. San Francisco è magica, durante le feste".

"Ti manca la città?", Cole chiese a Marina.

"Un po'", rispose Marina. "È stata casa mia per molti anni, ma essere qui con la mia famiglia è un piacere".

"Sarà un anno molto felice, con tutta la famiglia riunita", disse Ginger. "Ora diamo un'occhiata a quella tavola da surf di Babbo Natale". Ginger condusse Cole fuori, verso il capanno degli attrezzi.

Mentre se ne andavano, Kai si rivolse a Marina. "Sono impressionata. Ieri ti ho lasciata al bar e due ore dopo avevi un appuntamento. Credo che tu abbia battuto il mio record. Dove diavolo hai trovato quel tuo nuovo ragazzo così bello?".

Mentre sistemava le candele sul tavolo, Marina rise. "Non è affatto il mio ragazzo, è un vecchio amico di Stan".

"Se non è così, dovresti dirlo a Jack. Avresti dovuto vedere come lo guardava, durante l'incontro di ieri".

"Era così evidente?".

"Non sono stata l'unica a notarlo. E poi c'è stata quella lite che hanno avuto per te da *Beaches*".

"Cosa? Dove hai sentito queste sciocchezze?".

"Shelly mi ha detto che Mitch ha sentito la storia questa mattina a Java Beach, da qualcuno che la sera prima stava cenando lì". Gli occhi di Kai si allargarono. "Ti hanno davvero buttato fuori?".

"Non è successo niente del genere", sbottò Marina, cercando di districare i nastri di un'altra scatola. Ne tirò un paio e gettò da parte gli altri per la frustrazione.

"Ehi, non prendertela con chi riporta le notizie, o con le decorazioni".

Marina sospirò. "È stato Scout". Si appollaiò sul bordo di un divano rivestito e raccontò a Kai ciò che era realmente accaduto.

"Quindi Jack e Cole non stavano litigando per te?", chiese Kai, delusa.

"Non credo proprio", rispose Marina. "Inoltre, è da quest'estate che Jack non mi chiede di uscire".

"Pensavo che voi due steste bene dopo il *Taste of Summer Beach*".

"Anch'io", disse Marina. "Capisco che abbia molte responsabilità con Leo, *e* una nuova casa, *e* il lavoro per il libro di Ginger. Ma pensavo davvero che tra noi stesse nascendo qualcosa di speciale".

Kai scartò un pupazzo di neve. "Viene ancora spesso al locale".

"Di solito, con Leo. Non so cosa pensare, né quanto tempo dovrei aspettarlo". Marina agganciò dei bastoncini di zucchero luccicanti al lampadario. "Di sicuro, in altri aspetti della sua vita sa bene cosa vuole. Non si vince un premio Pulitzer se non si sa come perseguire un obiettivo".

"Tu mi hai sempre detto che le questioni di cuore sono una cosa diversa". Dopo aver sistemato il pupazzo di neve accanto a un alberello finemente decorato, Kai lanciò un'occhiata alla sorella. "E ora Cole sta complicando i tuoi sentimenti, vero?".

"È una persona così gentile", disse Marina. "Stan ha sempre avuto un'ottima opinione di lui". Fece una pausa. "Probabilmente sarebbe d'accordo, anche".

Proprio in quel momento la porta si aprì e Ginger fece cenno di andare verso il prato. "Cole è un vero tesoro", annunciò, ammirando il suo rapido lavoro sul portico e sul prato. "Finiremo di allestire le decorazioni esterne mentre Kai terrà le audizioni".

Mentre Marina riordinava il soggiorno e la sala da pranzo, Kai risistemò i mobili. Marina doveva andare via per iniziare a preparare il pranzo al suo locale. Fuori, un camioncino ultimo modello si fermò sul marciapiede.

"C'è Axe", disse Marina, mentre accatastava le scatole vuote nel corridoio adiacente. Ginger avrebbe potuto farle spostare da Cole più tardi.

Gli occhi di Kai si illuminarono di trepidazione. Prese il quaderno che aveva portato e si affrettò verso la porta. Marina non aveva mai visto sua sorella così felice. Stava facendo ciò che amava, e lei e Axe si stavano avvicinando.

Mentre Kai lo aspettava, si rivolse alla sorella. "Sei sicura di non voler partecipare alla recita?". Sembrava speranzosa. "Capisco che sei occupata, ma mi piacerebbe che tu ne facessi parte. Potresti fare la comparsa; è un impegno di poco conto. E sarà molto divertente".

Marina sapeva che coinvolgere i membri della famiglia significava molto per Kai. A parti inverse, avrebbe voluto anche lei che le sue sorelle fossero presenti. Sorrise. "Ok, conta su di me".

Kai saltò sulle punte dei piedi e gettò le braccia intorno a Marina. "Sono così felice. Ti prometto che non te ne pentirai. Ti divertirai alle prove, e poi c'è la prima, gli spettacoli serali e la festa di chiusura".

Gli stivali da cowboy di Axe risuonarono sul portico e Kai aprì la porta. Indossava una camicia a quadri e jeans di taglio western con un gilet che recava l'emblema della sua azienda, la Woodson Construction.

"È tutto pronto", disse Kai, salutando il suo socio nel nuovo teatro. "Sono felice che tu sia qui".

"Sono appena uscito da un nuovo cantiere, ma la mia squadra ha tutto sotto controllo". Axe si guardò intorno. "Queste decorazioni sono fantastiche. Faranno entrare la gente nello spirito giusto".

"L'idea è quella". Kai si sedette al tavolo della sala da pranzo e batté il dito sul suo taccuino. "Ho preso appunti su chi provineremo per ogni parte. Le più importanti sono quelle del vecchio signor Scrooge, del suo dipendente Bob Cratchit e dei tre fantasmi, passato, presente e futuro. E la famiglia di Cratchit, soprattutto Tiny Tim".

Axe appoggiò il suo fisico possente al suo. "Hai qualche preferenza sugli attori?".

Kai lo guardò raggiante. "Leo sarebbe un ottimo Tiny Tim".

"Sembra proprio impaziente", disse Axe. "Hai il programma di oggi?".

Kai aprì il suo quaderno. "Proprio qui". Guardò attraverso la finestra. "Sembra che i primi due siano arrivati. Leo e Jack. E vedo un'altra coppia in arrivo. Sarà una giornata intensa. Cominciamo con Jack o con Leo?".

Marina si girò di scatto. "Jack sta davvero facendo un provino?".

"Per la parte di Bob Cratchit", disse Kai. "Non è perfetto? Era nel club di teatro al liceo e all'università, quindi scommetto che ha delle doti di recitazione nascoste sotto quell'aspetto da scrittore serio".

Immediatamente, Marina avrebbe voluto potersi rimangiare la promessa appena fatta. Come avrebbe fatto ad affrontare Jack ogni giorno?

6

Quel giorno Kai aveva intenzione di affiggere i risultati delle audizioni su una bacheca pubblica all'ingresso, quindi Marina si aspettava una gran folla al suo locale.

Con un maglione rosso scintillante indosso e sventolando una lista, Kai si fece strada attraverso il patio della sala da pranzo. "Ecco i risultati".

Mentre la sorella attaccava la lista, Marina cercò di sbirciarle alle spalle, ma Kai aveva un vantaggio grazie alla sua altezza. Aveva canticchiato *Rudolph, la renna dal naso rosso* per tutta la mattina, ed era come bloccata su quella melodia.

"Per quanto riguarda alcune parti, la decisione è stata molto sofferta", disse Kai. "Chi avrebbe mai detto che a Summer Beach ci fossero così tanti attori e cantanti di talento?". Si fece da parte, lanciando un'occhiata. "Ta-da!"

Marina si avvicinò. Nella parte del povero Bob Cratchit, sovraccarico di lavoro, c'era il nome che temeva.

Jack Ventana.

Come si sarebbe posta nei suoi confronti, ora che non stavano più uscendo insieme? Le venne in mente che anche lui avrebbe potuto sentirsi a disagio. Soprattutto perché Cole si era offerto come comparsa.

Ginger gli aveva dato il permesso di parcheggiare il suo camper nella proprietà per tutto il tempo necessario, anche se lui aveva trovato un posto dove lasciarlo nelle vicinanze.

Marina era sollevata. Anche se era un grande amico, non le dispiaceva che ci fosse un po' di distanza fra di loro. Pensò al vecchio adagio secondo cui l'assenza accende il desiderio. Se solo avesse potuto bandire Jack dal suo cuore per aprire la strada a un uomo buono come Cole.

Kai la stava fissando. "Allora? Che ne pensi?"

"Un cast notevole", disse Marina, cercando di sembrare ottimista.

"Ci credi che sto per cantare in una scena poco prima di Carol Reston? Sarò praticamente il suo numero di apertura. E aspetta di sentire Axe cantare. Ha una voce incredibile". Kai fece un gridolino di entusiasmo. "Sarà fantastico".

"Certo che lo sarà". Jack aveva tempo per dedicarsi al musical delle feste, ma non poteva riservare una serata per una cena da solo con lei? Era troppo.

Con il cuore pesante, Marina guardò di nuovo l'annuncio.

Un canto di Natale… in spiaggia
Interpreti
Narratore - Ginger Delavie
Ebenezer Scrooge - Axe Woodson
Bob Cratchit - Jack Ventana
Fred, il nipote di Scrooge - Mitch Kline
Emily Cratchit (moglie di Bob) - Leilani Miyake
Tiny Tim (figlio dei Cratchit) - Leo Ventana
Spirito del Natale Passato - Kai Moore
Spirito del Natale Presente - Carol Reston
Spirito del Natale Futuro - Padre Rip
Comparse - Bambini

Logan Rushmore, Samantha Davis
Alder, Rowan e Oakley Gardner
Club di teatro della scuola elementare di Summer Beach di
Estelle Garcia
Comparse - Adulti
Marina Moore, Brooke Gardner, Shelly Bay, Cookie O'Toole,
Roy Miyake, Nan Ainsworth, Arthur Ainsworth, Flint Bay,
Cole Beaufort
Altre persone sono state coinvolte in base alle necessità.

Marina vide che c'era anche il nome di Brooke. "Chi si occuperà di vendere i cestini da picnic?".

"Brooke ha proposto a Chip di gestire, come volontario, le vendite sul posto", rispose Kai. "Ma se avete bisogno di lei per il locale, capisco. Immagino che la maggior parte delle persone ritirerà il cestino prima dello spettacolo, come quest'estate". Sua sorella sorrise. "Brooke sta prendendo il comando della situazione in questi giorni".

"Deve, con quella casa piena di testosterone, o verrà sopraffatta di nuovo", disse Marina. "Sono felice di vedere che Chip si sta finalmente comportando come un padre, e non come uno dei ragazzi".

Kai incrociò le braccia. "Se lo fa, sa che Brooke tornerà subito qui".

La gente cominciò ad arrivare al locale per vedere l'annuncio del cast, così Marina tornò in cucina. Non voleva sentire la gente congratularsi con Jack.

Mentre metteva sul fuoco una pentola di vellutata di zucca che aveva preparato, un pensiero fastidioso le passò per la mente. Forse si stava comportando proprio come il vecchio Scrooge. Anche se non era contenta del modo in cui Jack l'aveva trattata con leggerezza dopo aver dichiarato la sua attrazione per lei, doveva ammettere che aveva talento.

Jack era un eccellente scrittore, e Kai e Axe probabilmente erano fortunati ad averlo nello show. Marina sospirò. A volte era difficile ricordare che il perdono e il ringraziamento facevano parte dello spirito delle feste. Se non avesse modificato quel suo atteggiamento, avrebbe trascorso un pessimo periodo.

Ma era davvero difficile. Il suo cuore ancora faceva capriole ogni volta che Jack era nei paraggi.

Prese una pagnotta di pane ai semi di girasole e di grano duro che aveva preparato e cominciò ad affettarla per la specialità del giorno: sandwich di tacchino con salsa di mirtilli rossi che aveva creato per il suo menu stagionale.

La voce di Cole la raggiunse. "Ehi, congratulazioni".

Marina sorrise. "Sono felice di vederti". Anche lei lo pensava davvero. Doveva togliersi Jack dalla testa e Cole era la persona giusta per farlo.

"Che ne dici di festeggiare il nostro debutto come comparse off-Broadway?".

"Sembra divertente", disse Marina. "Che cosa avevi in mente?".

"Che ne dici di una cena davanti al fuoco, tipo campeggio? Questa volta cucino io". Ridacchiò. "Non credo che da *Beaches* saremo i benvenuti, per un po'".

"Non c'è problema. In quesiti anni sono stata in un sacco di posti eleganti a San Francisco, ma sono anni che non ceno davanti a un falò".

"Prenderemo il camper", disse Cole. "Ha tutto quello che ci può servire".

Brooke si precipitò in cucina e posò un sacchetto di verdure accanto al lavandino. "Sono in ritardo? Ho parlato con Cookie O'Toole, là fuori. È molto emozionata per lo spettacolo delle feste. Lo sono tutti". Gettò indietro le sue trecce. "Sono felice che mi abbiate chiamato per aiutarvi. C'è una folla enorme che guarda la lista e parla dello spettacolo. Kai sarà impegnata là fuori per un po'".

"Mi fa piacere che tu sia riuscita a venire". Marina si rivolse alla sorella minore. Kai aveva fatto da cameriera per tutta l'estate, ma ora non avrebbe più avuto tempo. Heather voleva lavorare un po' durante le vacanze invernali, ma fino alla fine degli esami finali, non avrebbe avuto modo di farlo.

Marina le presentò Cole. Brooke lo salutò e prese un blocco per scrivere le ordinazioni. "Oltre alla vellutata di zucca e ai sandwich di tacchino, avete altre specialità di stagione?".

"Patate dolci fritte con aioli all'aglio", disse Marina. "Sto pensando ad alcune ricette con zucca invernale, broccoli e cavoletti di Bruxelles. Le tue verdure fresche sono eccellenti".

Brooke sorrise con orgoglio e si diresse verso il patio della sala da pranzo.

"Hai una famiglia incredibile", disse Cole.

Marina prese il tacchino che aveva arrostito e affettato dal frigorifero. "Sono stati la mia roccia, dopo la morte di Stan. I gemelli erano davvero un bell'impegno, anche se non ero in lutto. Non so cosa avrei fatto senza Ginger".

Cole lanciò un'occhiata al patio. "Sembra che oggi avrai da fare. Fammi sapere se hai bisogno di aiuto. Sono piuttosto bravo a portare il cibo ai tavoli, un po' come un fattorino, giusto?".

"Certo, e lo apprezzo", disse Marina. "Potresti essere arruolato".

"Mi arruolerò nel tuo reparto volontariamente", disse, strizzando l'occhio.

"Oh, non volevo fare un gioco di parole", disse Marina, sentendosi arrossire per la sua risposta. Erano anni che l'esercito americano non reclutava più in questo modo , ma lei ricordava ancora che i suoi genitori ne parlavano. "Perché non vai a conoscere i tuoi colleghi del cast? Possiamo aggiornarci più tardi".

Mentre Cole si allontanava, Marina dovette ammirare la

sua sicurezza. All'ingresso, lo vide salutare Axe, che si era unito a Kai nel dare il benvenuto ai nuovi membri del cast.

Ginger si unì alla folla, congratulandosi con Leilani e Roy, che avevano portato una stella di Natale, color rosso velluto, per il locale. Nan Ainsworth, che lavorava al municipio ed era proprietaria di *Antique Times* sulla Main Street, era presente con il marito Arthur. Anche Darla era lì per dare un'occhiata alla lista e congratularsi con tutti. Quel giorno, un sorriso aveva sostituito il suo atteggiamento solitamente scontroso.

In breve tempo, Marina scorse Jack e Leo, insieme ai suoi amici, Samantha e Logan. I bambini sembravano emozionati e tutti si congratulavano con loro e con Jack.

Come dovrebbero, si disse Marina, cercando di mettere da parte ciò che provava per lui. Sollevò il mento. Forse si sarebbe anche congratulata, solo per dimostrare quanto fosse magnanima.

"Ordine in arrivo", chiamò Brooke, agganciando un pezzo di carta a un portabiglietti di metallo rotondo sopra il bancone di Marina. Schioccò le dita. "Terra-chiama-Marina! C'è gente che aspetta". Brooke si allontanò verso un altro tavolo.

Marina non aveva tempo per pensare a Jack. Controllò l'ordine prima di prendere dal frigorifero le patate dolci che aveva affettato e preparato.

Tuttavia, quando si girò, si trovò faccia a faccia con lui. All'improvviso, il suo coraggio svanì e barcollò con il piatto, rovesciando accidentalmente le patate dolci sul suo petto.

"Cosa ci fai qui dentro?" Marina gridò.

"Scusa, non volevo spaventarti". Si inginocchiò per raccogliere le patate dolci crude sparse sul pavimento.

Marina alzò una mano in segno di frustrazione. "Ma sei venuto qui di corsa? Ti ho appena visto arrivare".

Un accenno di sorriso incurvò un angolo della bocca di Jack. "Questo è il mio ordine, scommetto".

"Allora non ti resta che aspettare". Esasperata, Marina si

tolse un ciuffo di capelli dal viso. "Ora dovrò preparare altre patatine".

"Dammi un pelapatate, e ci penserò io a lavarle".

"Non posso permetterti di farlo".

"E perché no? Sono le mie. Si potrebbe anche applicare la regola dei due secondi. Un po' di polvere sul pavimento non mi spaventa, soprattutto quando sei stato in certi posti".

Marina lo fulminò con lo sguardo. "Primo, perché le servo con la buccia. E secondo, perché sei impossibile". Si sporse da un lato per dare un'occhiata al patio. "Spero che oggi tu stia tenendo Scout al guinzaglio".

"È dal toelettatore", disse Jack. Un sorriso gli guizzò sulle labbra. "Il suo pelo era tutto sporco di vino rosso. Ho provato a lavarlo a casa, ma pensava che fosse un gioco e ha continuato a mordere il tubo. Leo e io ci siamo ritrovati più fradici di lui". Fece un sospiro esagerato. "È l'ultima volta che lo porto a cena da *Beaches*".

Nonostante il commento ridicolo di Jack, Marina non poté fare a meno di ridere, immaginando la situazione. "Ho altre patate dolci nella credenza. Tu puoi lavarle e io le affetterò. Non mi fido di te con una mandolina tra le mani. E poi devi uscire di qui per lasciarmi lavorare".

Brooke si precipitò con un'altra ordinazione e la appese al portabiglietti prima di tornare nel patio. Mentre lei e Jack si mettevano all'opera, Marina intravide Cole osservarli con gli occhi socchiusi.

Improvvisamente, si rese conto che forse stava sorgendo un problema.

7

Q uando Jack arrivò al Seabreeze Inn, Kai stava distribuendo i copioni al nuovo cast che si era riunito nella sala da ballo.

"Benvenuti, attori", disse Kai. "Ecco il nostro copione per lo spettacolo. Una volta che vi sarete seduti, lo leggeremo in modo che possiate segnare le vostre parti". Ne consegnò uno a Jack e un altro a Leo.

"Ehi, papà, sediamoci davanti", disse Leo, arrampicandosi su una sedia in prima fila.

Jack si accomodò accanto a lui. Si guardò intorno per vedere se c'era Marina, e fece un cenno a Leilani e Roy, che lo avevano aiutato a ripiantare il giardino di Ginger quando Scout lo aveva distrutto. Nan e Arthur di *Antique Times*, dove aveva comprato un tavolo e delle sedie da cucina per la sua casa in affitto vicino alla spiaggia, erano lì. Sorrise e li salutò.

La scena ricordava a Jack i tempi del club di teatro all'università. Gli era piaciuto molto e aveva persino pensato di intraprendere la carriera di drammaturgo o di attore. Alla fine, il giornalismo e la ricerca della verità gli piacevano, ma non aveva mai perso un certo gusto per il palcoscenico e il rapporto con il pubblico.

"I posti migliori", disse Jack, arruffando i capelli di Leo. Era contento che entrambi fossero coinvolti nello spettacolo delle feste. Vanessa di solito nel pomeriggio riposava, così Jack lavorava alle illustrazioni per i libri di Ginger al mattino e programmava le attività con Leo dopo la scuola.

Aprì il copione e sfogliò la parte di Leo. "Qui inizia la tua parte, figliolo".

"Grazie, papà".

"Sarai un ottimo Tiny Tim". Jack mise un braccio intorno al ragazzo. Il suo ruolo di padre era ancora così nuovo per lui che ogni volta che pronunciava la parola *figlio* o sentiva Leo dire *papà*, il suo cuore si gonfiava d'amore. Si chiese se sarebbe stato sempre così.

Mentre la gente trovava il proprio ruolo, Jack doveva interpretare la parte di Bob Cratchit, l'impiegato sottovalutato e oberato di lavoro del leggendario Ebenezer Scrooge.

Un canto di Natale… in spiaggia era una rivisitazione a tema balneare del classico natalizio di Charles Dickens. Invece di un Cratchit invernale che consumava le sue dita fredde fino all'osso, quest'ultimo viveva sulla spiaggia, e lavorava fino alle ore piccole nella fabbrica di tavole da surf, spinto dall'implacabile Scrooge.

Jack ridacchiò.

Poteva sembrare stucchevole, ma il divertimento era assicurato. Soprattutto con degli intermezzi musicali e il gran finale con Carol Reston, la cantante vincitrice di un Grammy Award che risiedeva a Summer Beach. Aveva saputo che Carol e suo marito Hal avevano fatto una generosa donazione per le forniture e il marketing necessari a dare il via alla stagione inaugurale del Seashell, il nuovo anfiteatro. Simile all'*Hollywood Bowl* di Los Angeles, anche se di dimensioni più ridotte, l'arena avrebbe sicuramente attirato visitatori che avrebbero contribuito al sostegno della comunità locale.

Jack capì che quella prima produzione doveva per forza essere un successo. Per lui non si trattava solo di un piacevole svago, ma anche di un modo per restituire qualcosa alla comunità che lo aveva accolto. Non aveva mai pensato di lasciare New York, ma ultimamente aveva avuto molte sorprese.

Un figlio. Un cane. Un cottage sulla spiaggia. Una nuova carriera.

E Marina.

Mentre pensava a lei, percepì la sua presenza e guardò dietro di sé. Lei entrò, lo notò e si sedette dall'altra parte.

Il petto di Jack si strinse: si meritava quell'affronto. Peggio ancora, Cole era con lei.

Leo gli tirò la manica. "Papà, Marina è qui. Possiamo sederci con lei?".

"Non ora. Potrai parlarle più tardi". Jack fece cenno a Kai e Axe. "La lettura sta per iniziare, quindi dobbiamo prestare attenzione. Come a scuola, solo che è meglio".

Con impazienza, Leo si affacciò davanti.

Jack era dolorosamente consapevole di essere stato negligente nel chiedere a Marina di uscire. Le aveva detto che era impegnato, ma era una spiegazione di comodo. La verità era più complicata.

I suoi trascorsi con le donne non erano granché. Non che si fosse mai comportato da completo idiota, ma c'era stato un periodo in cui non era mai in grado di sapere se sarebbe arrivato vivo a fine giornata. Minacce, ritorsioni, allarmi bomba… aveva indagato su alcuni personaggi poco raccomandabili, e loro giocavano duro.

Proprio quando aveva in mente di dare un taglio a tutto ciò, c'era sempre un'altra storia da inseguire. Faceva le valigie, augurava ogni bene alla sua ragazza e partiva per risparmiarle un dolore peggiore. Il pensiero di essere sposato e di lasciare moglie e figli lo spaventava. L'alternativa era quella di prendere incarichi sicuri, come avevano fatto molti dei suoi colleghi sposati. Ben presto, si erano allontanati dalla strada e gli incarichi più importanti venivano affidati a lui. Come la storia che gli aveva portato il Pulitzer.

Indubbiamente, Jack aveva difficoltà a rallentare il proprio stile di vita. Pur avendo accolto con favore quel cambiamento, a volte era in preda all'inquietudine, ma non poteva lasciare Leo. E temeva di sfogare la sua frustrazione su Marina, vanificando ogni possibilità con lei. Era stato un idiota a pensare di poterla prendere in giro. Una così donna bella e realizzata – non c'era da sorprendersi che fosse arrivato un tipo come Cole.

Con le budella in subbuglio per quei pensieri, si morse il labbro. Cosa poteva fare?

All'improvviso, Leo gli diede una gomitata. "Papà, stai attento".

"Jack, sei con noi?" Kai gli stava parlando. "È il turno di Cratchit. Vai avanti".

Rapidamente, Jack sfogliò la pagina e iniziò a leggere. "Nella fabbrica di tavole da surf di Scrooge, Bob Cratchit, con indosso una maglietta a brandelli e una felpa con cappuccio, sta levigando le tavole da surf sotto una luce fioca, mentre Scrooge si rifiuta di fornirgli più luce, o strumenti migliori".

Adottando lo stesso atteggiamento mite di Cratchit, Jack lesse la battuta. "Forse l'anno prossimo potremo permetterci della nuova carta vetrata, signore". Alzò la mano come se stringesse un brandello di carta abrasiva.

"Usa i bordi", sbottò Axe. "Ne stai di nuovo sprecando. Guarda tutti questi scarti nel cestino". Fece una pantomima, come per prendere dei pezzi di carta vetrata dalla spazzatura.

La gente ridacchiò e Jack continuò a leggere.

Successivamente, l'azione si spostò sul nipote di Scrooge, Fred, interpretato da Mitch Kline, il proprietario di Java Beach.

Mitch si passò una mano tra i capelli biondi tirati su col gel. "Entra Fred: un simpatico surfista che ama il Natale. Ehi, zio Scrooge! Anche quest'anno vogliamo divertirci un po' alla festa di Natale. Perché non vieni con noi?".

Tutti risero per la pronuncia e lo slang azzeccato di Mitch.

Un casting perfetto, pensò Jack sorridendo. Mitch gli piaceva e riconosceva in quel giovane una spiccata capacità imprenditoriale, anche se i suoi modi erano rilassati e disinvolti.

Continuarono a leggere le scene, con Kai e Axe che recitavano brevi battute dagli intermezzi musicali.

Kai picchiettò sul suo copione. "Questa è la scena della cena di famiglia dai Cratchit. Leo è Tiny Tim". Lanciò un'occhiata alla stanza. "Alzi la mano chi fa parte delle nostre giovani comparse".

Leo si illuminò, mentre i suoi amici Samantha e Logan alzavano le mani.

Anche i tre figli di Brooke agitarono le mani.

"Voi siete i figli dei Cratchit, e sarete riuniti intorno a un tavolo", disse Kai, tendendo le mani ai bambini, che la raggiunsero davanti. "Quando il pubblico incontrerà Tiny Tim, vedrà che è molto malato. Sarà anche costretto a letto, ma è il più felice di tutti".

"So come fare", disse Leo, scambiando uno sguardo con il padre.

Jack sapeva che stava pensando a sua madre, e a come Vanessa fosse sempre stata ottimista, anche quando aveva sofferto per la sua malattia.

Kai gli toccò la spalla. "Va bene, Leo. Ora sentiamo come leggi la tua parte".

Mentre Jack ascoltava suo figlio leggere con l'aggiunta dell'inflessione vocale e dei gesti, il suo cuore si gonfiò d'orgoglio. Leo aveva un talento naturale.

Il resto della lettura del copione andò bene, e Jack fu felice per Kai e Axe che ci fossero molte risate nei momenti giusti. Li vide prendere appunti, quindi immaginò che avrebbero apportato qualche modifica al copione, come spesso accadeva in quella fase, soprattutto quando il tutto era nuovo.

Durante la lettura, Jack cercò di non fissare Marina, ma si trovò comunque attratto da lei. Capiva che Cole era un vecchio amico. Tuttavia, Jack riconobbe lo sguardo che Cole aveva per Marina; era una cosa da uomini ed era chiaro che Cole voleva che quella relazione andasse avanti.

Cole sembrava un uomo rispettabile. Di solito, Jack era felice per le donne che aveva lasciato. Si diceva che alla fine, per loro, era andata meglio senza di lui.

Non quella volta, però.

Per quanto Jack cercasse di comportarsi correttamente, quella vecchia mentalità non gli andava più bene.

8

*M*arina legò una delle camicie di flanella a quadri di Ginger intorno alla vita dei suoi jeans blu e si avviò verso i gradini del meraviglioso camper di Cole. L'enorme veicolo era decorato con vistose strisce blu e argento. Era un altro mondo, rispetto all'accogliente furgone Volkswagen d'epoca di Jack, con le sue ristrutturazioni retrò. Pensò a quando erano andati insieme sulla spiaggia.

Irritata da quel ricordo, Marina allontanò il pensiero di Jack dalla sua mente.

Cole la precedette, accendendo le luci. Indossava un gilet di pelle scamosciata su una camicia di flanella e degli stivali dalla suola spessa. "Attenzione. Quei gradini sembrano un po' troppo ripidi per te".

"È una battuta sulla mia altezza?", disse Marina, prendendolo in giro. Non le dispiaceva la sua struttura minuta, anche se ora pesava un po' di più, ma le piaceva vedere Cole imbarazzato. Anni prima, erano soliti scambiarsi battute amichevoli durante le partite a carte con Stan e Babs.

"No, signora", disse Cole, sorridendo. "Ma se vuole, ne penserò qualcuna".

"E con me puoi smettere di chiamarmi *signora*. Non sono tua madre".

"Le vecchie abitudini sono difficili da interrompere. Una volta che diventi un Marine...".

"...rimarrai sempre un Marine. Lo so, ma siamo solo noi, Cole".

Lui rise e la sollevò sull'ultimo gradino. "Sei ancora leggera come una piuma. Benvenuta nel camper".

Quando lui la rimise a terra, lei alzò lo sguardo verso i suoi caldi occhi castani. Avrebbe dovuto sentirsi attratta da lui in quel momento, ma forse quel sentimento sarebbe arrivato più tardi, si disse. Erano ancora circondati dai ricordi di Stan e Babs. Distolse lo sguardo e disse: "Wow, questo è un palazzo su ruote".

Quel lussuoso motorhome era arredato splendidamente. Le profonde tonalità del blu, del bianco perlato e dell'argento scintillante percorrevano tutta la cabina, dalle poltrone di lusso al divano a grandezza naturale e agli arredi a muro.

Marina si girò. Lungo un lato del veicolo si trovava la zona cucina con piano cottura, frigorifero incorporato e armadietti in legno pregiato. Di fronte al divano era montato un televisore a grande schermo. "Ha sicuramente tutte le comodità di una casa".

Cole sistemò la spesa che aveva portato nel frigorifero. "Questo gioiello è ben attrezzato. Ha quattro sistemi di condizionamento sul tetto, pavimenti riscaldati, una doccia in marmo e uno scaldabagno senza serbatoio, per avere acqua calda illimitata".

"Questo è decisamente *glamping* di livello", disse Marina, pensando a quanto sarebbe piaciuto a Kai. "C'è un posto dove posso mettere la mia salsa di mirtilli rossi e il pane di mais in modo che non volino in giro mentre siamo in marcia? Sto provando nuove ricette per il mio menu delle feste".

"Lo troverò", disse lui, prendendole i contenitori.

"C'è un bagno dall'altra parte della cucina", disse. "La

camera da letto è sul retro, se ti servisse per qualsiasi cosa", aggiunse rapidamente. "Le pareti sono scorrevoli, quindi sarà ancora più spazioso quando arriveremo e ci sistemeremo".

"È impressionante", disse, notando l'orgoglio e l'euforia nel comportamento di Cole. Era evidente che gli piaceva viaggiare. Si ritrovò a desiderare di poterlo fare in quel modo, ma con il tempo che doveva dedicare al locale, raramente ne avrebbe avuto l'opportunità.

Cole si accomodò al posto di guida, che le ricordava la cabina di pilotaggio di un aereo. Dopo aver posato la borsetta, si sedette sull'ampio sedile del passeggero, comodo come una poltrona reclinabile. I finestrini erano alti e larghi e offrivano un'ottima visibilità.

Cole avviò il motore. "Pronta a partire?"

"Andiamo", disse allegramente. "Mentre siamo in montagna, vorrei raccogliere pigne e rami di abete per le feste". Aveva intenzione di fare ghirlande e festoni per il cottage e il bar. "Non possiamo prenderli nei parchi protetti perché sono necessari per la rigenerazione delle foreste, ma se vediamo un proprietario di qualche terreno, possiamo chiedergli se ce ne può dare un po'".

"Puoi farlo mentre io getto una lenza e tiro su la cena, a meno che non voglia pescare anche tu".

"Non avrei bisogno di una licenza?", chiese.

Le diede un leggero colpetto sul ginocchio. "Immagino che alla fine tu ti occuperai delle pigne".

Si diressero a sud-est, verso le montagne e il lago di cui Cole aveva parlato in precedenza. Presto la sabbia e le palme lasciarono il posto alle strade di montagna e ai pini. Anche l'aria aveva un odore diverso, fresco e rinvigorente.

Cole divenne più vivace, mentre guidavano. "Getterò una lenza quando saremo lì, ma se non dovessi prendere nulla, ho portato delle bistecche o del pesce che possiamo grigliare. Non voglio che pensi di soffrire la fame, in mezzo alla natura selvaggia".

Marina aveva anche portato alcuni prodotti freschi di Brooke per il barbecue. "Questo mi ricorda le gite in campeggio che facevamo tutti insieme. Te le ricordi?".

"Non erano proprio così", disse Cole ridacchiando. "Mi pare che avessimo preso in prestito un camper piuttosto malandato, un vero camper, cioè. Tu e Stan avevate vinto il lancio della monetina e vi eravate sistemati lì, mentre io e Babs avevamo preso la tenda. Era pesante, proveniente da un surplus militare, non come quei modelli eleganti che si trovano oggi ai grandi magazzini".

Marina sorrise al ricordo. "Nel cuore della notte, tu e Stan siete usciti di nascosto e avete cominciato a guaire come dei coyote. Pensavamo di essere circondate ed eravamo spaventate a morte, finché non ci siamo accorte che voi eravate scomparsi". Marina rise, godendosi la leggerezza di quella conversazione.

A Cole non sembrava dispiacere parlare di Babs, purché si parlasse anche di Stan. Loro quattro erano stati molto uniti durante gli anni dell'esercito, anche se Marina aveva perso i contatti con Cole e Babs dopo la morte di Stan. Con due gemelli da accudire, non aveva praticamente più tempo.

Sua nonna era stata la colonna portante della famiglia per molti anni. Anche quando Marina, Brooke e Kai erano cresciute, era sempre stata disponibile ad aiutarle o per parlare, tranne quando era impegnata ad insegnare a scuola o in viaggio per qualche incarico di consulenza.

"Dovrei portare Ginger di nuovo qui, qualche volta", disse Marina, ammirando il paesaggio. "Quando eravamo bambine, ci portava qui per vedere il fogliame autunnale e raccogliere le mele".

"Hai molti bei ricordi con lei", disse Cole. "Ricordo quello che è successo ai tuoi genitori e mi sono sempre sentito male per te. E poi Stan è morto quando eri incinta... mi sono chiesto come hai fatto a cavartela".

"È stata dura", disse Marina a bassa voce. Anche dopo

tutti quegli anni, i suoi genitori e Stan le mancavano ancora, soprattutto durante le feste. Ma aveva imparato a pensare a loro con affetto, e spesso sentiva la loro presenza.

Cole condusse il camper il più vicino possibile al lago, anche se dovevano ancora fare una breve camminata per raggiungerlo. Quando vide un altro uomo che pescava lì vicino, Cole si fermò. Dopo aver chiesto informazioni sulla pesca e ottenuto il permesso di raccogliere alcune pigne dalla sua proprietà per uso personale, proseguirono.

Mentre camminavano, Cole cercò un posto adatto. Si fermò in riva al lago. "Questo sembra buono".

"Peschi spesso?", chiese Marina.

"Il più possibile. L'anno scorso ho assunto una buona società per gestire le mie proprietà, quindi ora sono più libero. Dopo le feste, partirò e attraverserò il Paese per andare a trovare le ragazze. Dopo Natale, staranno con Babs".

"Non saranno con lei il giorno di Natale?".

"Non questa volta. Sono entrambe innamorate, il che significa che staranno con le famiglie dei loro fidanzati. Mi dispiace per Babs, ma ha il suo nuovo marito e molti amici".

"Sicuramente anche tu". Rilevò una nota di tristezza nella voce di Cole mentre parlava di Babs, ma suppose che fosse normale, dopo il loro divorzio. "Guidare verso est sembra una grande avventura per te".

Cole esitò come se qualcosa gli stesse pesando nella mente. "Per quanto tempo pensi di rimanere a casa di tua nonna?".

"Non ci ho mai pensato. Il Coral Cottage è la mia casa e ho appena aperto il locale".

"Ma puoi chiuderlo quando vuoi. O trovare qualcun altro che lo gestisca".

Marina non capiva dove volesse arrivare, ma non le piaceva il modo in cui stava minimizzando i suoi sforzi. "Ho appena iniziato e mi piace molto. Gestire un locale è una cosa che sognavo da anni".

"È davvero questo che vuoi fare, alla tua età?".

"Non sono così vecchia". Marina non sapeva bene come rispondere a quella domanda. "In realtà, pensavo che sarei stata all'apice della mia carriera televisiva, ma eccomi qui a ricominciare. E sai una cosa? Mi sto divertendo molto".

"Forse potrebbe essere ancora meglio".

"Sono abbastanza felice della mia vita, in questo momento". Marina sentì una strana sensazione scorrere tra loro. Ovunque Cole volesse arrivare con quella serie di domande, lei non era ancora pronta ad avventurarvisi. "Prendiamo la tua attrezzatura. Non vorrai farti scappare i pesci". Si voltò e iniziò a risalire il pendio verso il pullman, puntando i piedi negli scarponi per avere più presa.

"La porto io", disse Cole, raggiungendola.

Marina accelerò il passo. "Mentre tu peschi, io vado a raccogliere delle pigne e dei rami di abete".

Cole sembrò leggermente deluso, ma si riprese subito. "Raggiungimi dopo aver preso tutto quello che ti serve".

"Certo", cinguettò Marina mentre infilava sotto il braccio le borse e le forbici che aveva portato con sé. Con il cuore che le batteva forte, si avviò a passo spedito, seguendo un sentiero in salita verso gli alberi più alti.

"E fai attenzione ai puma", la avvisò lui.

Felini pericolosi o meno, era tutto ciò che poteva fare per non scappare.

Una volta che Marina ebbe messo un po' di distanza tra loro, si appoggiò a un albero per riprendere fiato. Anche se non era in ottima forma, non era quello il motivo per cui il suo cuore minacciava di esplodere.

Cole era il tipo di ragazzo che sulla carta sembrava fantastico, ma doveva essere lui a comandare. Ricordava questo suo atteggiamento, quando erano più giovani. Anche Stan aveva una personalità dominante. Tuttavia, suo marito rispettava e ascoltava le sue opinioni. Forse Cole si era addolcito, o solo cercando di comportarsi bene.

O era lei a reagire in modo esagerato?

A causa dei suoi sfortunati trascorsi con Grady – e ora poteva aggiungere anche Jack alla lista – era doppiamente attenta.

Per tranquillizzarsi, camminò lentamente tra gli alberi maestosi, ascoltando il canto degli uccelli e i ruscelli che gorgogliavano lungo i pendii delle montagne. Sotto i rami di pino cembro e abete di Douglas che ondeggiavano nella leggera brezza, calpestò un fitto tappeto di aghi e sterpaglie. In lontananza, i colori autunnali dei frassini risplendevano di arancione e oro alla luce del sole, mentre i suoni degli animali selvatici che si muovevano vicino ai suoi passi riempivano quel silenzio sommesso.

Mentre raccoglieva pigne e rami, Marina pensava alle feste ormai prossime. Ciò che desiderava di più era avere tutta la sua famiglia intorno a sé, nonostante tutti i problemi. Era così orgogliosa di Kai per essersi buttata a capofitto e aver preso in gestione quello spettacolo. Dopo che Dmitri le aveva distrutto la posizione nella compagnia teatrale, sua sorella avrebbe potuto far calare il sipario e nascondersi nella sua stanza. Nessuno l'avrebbe biasimata.

E proprio per tutto ciò, Marina avrebbe tollerato il supplizio di vedere Jack alle audizioni. Sostenere i sogni di Kai era la cosa più importante che potesse fare per sua sorella, che l'aveva aiutata ad avviare il suo locale, ed era ancora lì a servire ai tavoli quando Heather era impegnata con la scuola. Anche Ginger amava dare il suo contributo e cucinare. Il Coral Café era un affare di famiglia e Marina non poteva immaginare di abbandonarlo per andarsene in giro per il Paese insieme a Cole.

Marina si fermò e alzò il viso verso le chiome frondose, respirando l'aria profumata di sempreverde. Aveva molte cose di cui essere grata, quell'autunno.

Forse Cole non era l'uomo giusto, ma in fondo, chi lo era? Se le sue aspettative erano troppo alte, avrebbe potuto non trovare mai un partner. D'altra parte, non voleva sentirsi

costretta a intraprendere una relazione a causa della solitudine, come una scarpa troppo stretta che comprime i piedi e
fa male per tutto il giorno. Ne aveva abbastanza di quello stile
di vita coi tacchi a spillo, alla stazione televisiva con Hal e
Babe, così fastidiosamente alla moda. Era una situazione che,
per quanto potesse sembrare fantastica all'esterno, all'interno
si rivelava dolorosa.

Sicuramente da quella vicenda aveva imparato qualcosa,
oltre che a indossare scarpe che la facevano sentire
impacciata.

Decisa a resistere a qualsiasi cosa Cole avesse in mente,
riprese il cammino verso il lago, fermandosi a raccogliere delle
pigne lungo la strada. Era rimasta in piedi da sola dopo la
morte di Stan. Non c'era motivo per cui non potesse continuare a farlo.

Ma ora, dopo che Heather ed Ethan avevano iniziato a
vivere per conto loro, la sua vita scorreva con un ritmo
diverso. Cole non aveva tutti i torti: vivere a casa della nonna
con sua sorella forse non era ciò che voleva a lungo termine.
Forse Ginger si meritava un po' di privacy, anche se dichiarava
di non desiderarla particolarmente.

A Marina sarebbe piaciuto avere una casa tutta sua, anche
se aveva la sensazione che potesse sentirsi molto sola. Tuttavia,
dopo un'intera giornata al bar con i clienti, un po' di tranquil-
lità sarebbe stata la benvenuta.

Guardò Cole lungo il pendio. Una cosa era certa: la vita
cambiava sempre, e spesso quando meno ce lo si aspetta.

Sulla via del ritorno, si fermò a riporre il materiale per le
ghirlande nel camper. Quando tornò al lago, Cole aveva già
preso un pesce.

"Direi che abbiamo la cena", disse Marina, facendosi
strada verso di lui attraverso la bassa vegetazione.

"Direi che può tornarsene indietro", disse mentre tirava su
quel pesciolino. Togliendo delicatamente l'amo, lo cullò tra le
mani, parlandogli dolcemente mentre lo rilasciava nell'acqua

bassa. "Non voglio che questo piccoletto si traumatizzi troppo", disse, sembrando un po' in imbarazzo.

"Penso che sia gentile da parte tua", disse Marina, vedendo un lato diverso di Cole.

"Non sono sempre stato così", scrollò le spalle. "Ho portato dell'altro cibo che possiamo grigliare. Che ne dici se accendo un fuoco?".

"Per me va bene".

"Lo faremo vicino al camper".

Marina esitò, pensando alle creature che aveva visto e sentito nella foresta. "Per quanto mi piacerebbe sedermi accanto a un fuoco scoppiettante quassù, non vorrei che sfuggisse di mano e distruggesse un'area che ospita così tanti animali".

Cole si alzò, passandosi le mani sui jeans. "Prendo molte precauzioni per assicurarmi che non ci siano braci che possano infiammarsi in seguito".

"Ne sono certo, ma hai un comodo fornello all'interno. Mi sentirei meglio a cucinare su quello".

Cole rise. "Non sei cambiata molto. Ti sei sempre preoccupata per gli animali".

"Davvero?"

"Ti ricordi quel cane che abbiamo salvato? Un vicino lo aveva preso da un rifugio per fare la guardia alla sua proprietà, solo che lasciava quella povera creatura legata e di solito non c'era mai. Hai provato a parlare con lui, ma non ti ha ascoltato, e ha continuato a maltrattarlo. Così hai organizzato un piano per salvare quel cane e trovargli una nuova casa".

Marina sorrise. "Me ne ero dimenticata. Sono abbastanza sicura che ora sia considerato un rapimento di cani. Oggi chiamerei le autorità". Mentre si dirigeva verso l'imponente veicolo poco lontano, si fermò per voltarsi verso di lui. "Ma lo rifarei comunque, se dovessi".

"Vedi? Non sei cambiata".

"In realtà, sì", disse con sicurezza. "Non sono quella giovane, ingenua donna che Stan aveva sposato. Sono diventata così per necessità e per scelta".

"Certo che sei cambiata", disse Cole, accarezzandosi il mento. "Mi vergogno di averti trattato diversamente, se è sembrato che lo abbia fatto".

"Voglio solo che tu lo sappia".

"Credo di essere cambiato anch'io", disse. "Vivere al di fuori dell'esercito ha richiesto alcuni aggiustamenti. Uno si aspetta che le persone seguano gli ordini della catena di comando, ma non è così".

Marina sorrise pensierosa. Forse era cambiato. "No, non lo è".

"Amici? Ricominciamo come due persone più esperte e un po' abbattute". Cole abbassò la testa e le porse la mano.

Per un attimo esitò, poi infilò la mano nella sua presa gentile. Sembrava che avesse bisogno di un legame e di un po' di compassione. Gli avrebbe dato un'altra possibilità. Camminarono insieme.

A uno strano picchiettio, Marina inclinò la testa. "Cos'è questo rumore?"

Cole fece una pausa per ascoltare. "Picchi. Non tutti migrano, soprattutto quelli della California meridionale. Si stanno preparando per l'inverno scavando le loro cavità dove riposare".

Fece un cenno verso il motorhome scintillante davanti a sé. "Allora, quest'inverno ti appollaierai lì dentro?".

"Per la maggior parte del tempo. Lo parcheggerò nel campeggio vicino alla spiaggia. Per tornare a Los Angeles a controllare la mia proprietà sono sufficienti un paio d'ore, se ne ho bisogno. Devo fidarmi del gestore, perché in futuro starò via molto più a lungo. Vorrei attraversare il Paese e visitare gli amici lungo la strada. Alcuni non li vedo dai tempi dall'Afghanistan".

"Sarebbe un bene per te", disse Marina. Gli lasciò la mano per salire sul camper.

Cole ampliò l'interno attivando le guide automatiche delle porte scorrevoli. Ben presto Marina si mise a grigliare hamburger di tacchino e verdure sul piano cottura, mentre Cole sistemò un paio di sedie pieghevoli Adirondack all'esterno, di fronte al lago. Cole versò la salsa di mirtilli rossi sulla focaccia di mais, e la guarnì con gli hamburger di tacchino, aggiungendo un contorno di insalata e verdure grigliate.

"Wow, che cose particolari", disse Cole, mentre si sedevano a mangiare all'aperto.

Marina sorrise, guardandolo mentre dava il primo morso. "Mi piace sperimentare. Com'è?"

"Delizioso".

Mangiarono in un piacevole silenzio, ascoltando i suoni della natura selvaggia che li circondava. Marina aveva dimenticato quanto le piacesse stare all'aperto, nella serenità della natura. Essere vicino all'oceano era esaltante, ma quella era un'esperienza diversa e rilassante.

Dopo aver finito di mangiare, Cole mise da parte il piatto. "Marina, c'è una cosa che volevo chiederti".

I suoi sensi si agitarono. "Cosa c'è, Cole?"

"Dopo che lo spettacolo delle feste sarà terminato e il Natale alle spalle, prenderesti in considerazione di fare un viaggio con me? Hai detto che il locale non sarà molto affollato, in inverno... forse Ginger e Brooke potrebbero gestirlo. Potresti tornare in aereo dalla Florida o potrei accompagnarti in primavera".

Marina sospirò. "È un viaggio lungo, Cole".

"Pensaci su, per ora".

"Cole, non ho bisogno di...".

"Per favore, non darmi ancora una risposta definitiva", disse lui, interrompendola. "So che stai attenta alle persone che frequenti, ma voglio che tu sappia cosa posso offrirti. Che non otterresti, con Jack".

"Come, scusa? Cosa c'entra Jack in tutto questo?"".

Cole assunse un'aria spaventata. "Ieri mi sono fermato a prendere un caffè in paese. Un vecchietto stava facendo delle scommesse su chi avresti scelto, Jack o me, visto che prenderemo tutti parte allo spettacolo. Quindi, pare che tu abbia una storia con lui".

"Una storia breve", disse Marina, serrando la mascella. Il petto le si strinse al suo pensiero. "Eri a Java Beach, per caso?"

"Come lo sai?"

"È la centrale del pettegolezzo. Fai attenzione a quello che senti lì. Io e Jack abbiamo chiuso". Marina si alzò e portò i piatti all'interno, prima che le emozioni potessero avere la meglio sul suo buon senso.

9

Ginger aprì la porta della soffitta. "Ho un sacco di abiti da spiaggia vintage che potrebbero andare bene per lo spettacolo". Accese la luce in cima alle scale.

Marina seguì la nonna di sopra. L'odore di muffa le ricordava quando lei e le sue sorelle andavano lì a giocare. Amavano curiosare nei vecchi bauli che Ginger e Bertrand avevano portato in giro per il mondo.

Kai era proprio dietro di lei. "Sarebbe spettacolare, Ginger. Povera Lizzy, deve tornare in Ohio per occuparsi della madre durante le feste. Non ha nemmeno avuto la possibilità di iniziare a lavorare sui costumi".

"È una benedizione per sua madre", disse Ginger. "Per quanto riguarda lo spettacolo, la necessità incoraggia la creatività. Ora aprite questi bauli e vediamo cosa riusciamo a trovare".

Kai si girò, facendo tintinnare i suoi orecchini a campana. "Da dove cominciamo?"

Ginger indicò un baule polveroso in un angolo. "È quello che abbiamo portato da Londra a Parigi", disse. "Se stessimo recitando la versione originale di Charles Dickens del *Canto di*

Natale, potremmo trovarci qualcosa. Ma per uno spettacolo natalizio in spiaggia, credo di no".

"Ricordo vecchie collane e parei delle vostre vacanze alle Hawaii", disse Marina.

Ginger alzò le sopracciglia. "Ma certo. Proprio lì". Indicò un baule in un angolo.

Marina sollevò il coperchio di un vecchio baule. Kai mise dentro una mano, e fuoriuscì una cascata di tessuto polinesiano in ricche tonalità di corallo e verde.

"Quando ero una giovane sposa, ho fatto delle tende per questa casa con quel tessuto", disse Ginger con un sorriso. "Erano davvero divine. Con questi colori vivaci natalizi, potremmo creare dei pareo o fare dei muumuu, gli abiti in stile hawaiano, fluttuanti".

"Potrebbe funzionare", disse Kai.

Mentre Marina esaminava un altro pezzo di stoffa, sentì qualcosa di rigido. Tra le pieghe del materiale era nascosto un diario sottile. Aprì la copertina. All'interno c'erano pagine piene di lettere e numeri: i codici e i cifrari di Ginger. Marina lo sollevò. "Sembra essere tuo".

Uno sguardo nostalgico riempì il volto di Ginger. "Il mio primo manuale. Stavo imparando, all'epoca. È davvero un baule molto vecchio". Infilò il diario sotto il braccio. "C'è qualcos'altro di interessante, lì dentro?".

"Ecco uno dei tuoi prendisole eleganti". Marina sollevò un abito rosso a pois, stretto in vita e con una gonna ampia. "Sembra che sia degli anni '50 o '60".

"Era uno dei miei abiti da cocktail sulla spiaggia preferiti". Gli occhi di Ginger avevano uno sguardo lontano. "Nel dopoguerra fu soprannominato *New Look*. Christian Dior aveva ridisegnato le silhouette sottili per via del razionamento dei tessuti, e Carmel Snow, la direttrice di *Harper's Bazaar*, le aveva rese di gran moda. Quando Bertrand era di stanza a Parigi, una volta abbiamo trascorso una piacevole serata con loro. Non so se te ne ho mai parlato".

"No. Ma sono sicura che lo farai presto". Gli occhi di Kai si illuminarono. "Potremmo aggiungere una mantellina corta, rossa o color crema sulle spalle, e questo vestito sarebbe perfetto per la parte di Emily Cratchit. Credo che a Leilani starebbe bene".

"È così bello", disse Marina, passando le mani sul tessuto di taffetà scintillante.

Ginger porse il vestito a Marina. "Con un rossetto corrispondente, starebbe bene anche a te, cara. Dovresti indossare il rosso più spesso; è un colore così allegro".

"Stiamo cercando dei costumi, ricordi?". Kai prese il vestito. "Uno è a posto, ne mancano molti altri. Che ne dici di Bob Cratchit?".

Jack, pensò Marina.

"Bertrand aveva più o meno la stessa taglia di Jack". Ginger attraversò la soffitta e aprì un armadio rivestito di tessuto. "Non potevo sopportare di separarmi da alcuni dei suoi bei vestiti, dopo la sua morte. Per praticità, ne ho donato la maggior parte, in modo che altri potessero goderne come lui. Ma questi capi racchiudono ricordi speciali".

Kai posò un dito sul mento, pensando. "Daremo a Jack un abbigliamento da spiaggia sbiadito per le scene iniziali, ma vorrei anche qualcosa di carino che sia orgoglioso di indossare con la sua famiglia a Natale".

"So qual è l'abito giusto". Ginger estrasse dall'armadio una giacca da pranzo rossa e la guardò con riverenza. "Il mio caro Bertrand la indossava spesso la vigilia o il giorno di Natale con una bella camicia di voile bianco. Amava le feste e si vestiva sempre bene. Eravamo una coppia molto elegante. Avresti dovuto vederci, mentre facevamo tremare la pista".

Le sopracciglia di Kai si inarcarono di colpo. "Facevate cosa?"

"Significava ballare: eravamo favolosi sulla pista della sala da ballo". Ginger fece un sospiro sognante. "Sono così felice di avere dei bei ricordi. Li custodisco più di tutte le perle che mi ha regalato".

Marina sorrise. Ginger aveva condiviso quelle particolari chicche di memoria con le sue nipoti, in modo che ognuna di loro avesse qualcosa per ricordare nonno Bertrand.

Kai aggiunse la giacca da pranzo rossa alla sua pila crescente. "Jack si metterà a ridere quando la vedrà, ma me lo immagino con questa giacca. E con Leilani nel vestito a pois rossi, sarà un abbinamento perfetto".

"Proprio come lo eravamo noi", disse Ginger con una nota di malinconia. "Guardate tutti i ricordi della vita che abbiamo vissuto". Sbattendo le palpebre, aprì un'altra scatola. "E qui ci sono i vestiti per bambini di Heather e Ethan. Forse un giorno li vorranno".

"Possiamo lasciarli qui, per ora". Marina toccò la mano della nonna. Pur essendo sentimentale, Ginger raramente si abbandonava alle emozioni e preferiva affrontare la vita con un approccio più pragmatico. Questo aveva influenzato Marina, soprattutto quando aveva avuto i suoi gemelli. Solo grazie alla praticità e all'organizzazione era riuscita a gestire due bambini da sola. Anche con l'aiuto di Ginger, era stato tutto difficile. Sua nonna lavorava ancora a tempo pieno, quindi Marina era rimasta sola per la maggior parte dei giorni.

"Grazie per averci permesso di frugare fra le tue cose per lo spettacolo", disse Marina.

Ginger si tolse la polvere dalle mani. "Questa roba non fa bene a nessuno, se rimane quassù".

"Faremo pulire e ti restituiremo tutto dopo lo spettacolo", disse Kai mentre rovistava nei bauli, prendendo gli oggetti che avrebbero potuto usare. "Tutto questo aiuterà a portarci avanti con i costumi. Dato che Axe è così imponente, proba- bilmente i suoi per il ruolo di Scrooge dovranno essere realiz- zati su misura. Ma prima guarderò in alcuni negozi specializzati a Hollywood, visto che non abbiamo molto tempo".

"Ce la farai", disse Marina. A scuola, Kai trovava sempre il modo di portare a termine i progetti all'ultimo minuto.

"Non è di me che mi preoccupo", disse Kai, mordendosi il labbro. "Né di Carol o Axe. Piuttosto, degli altri che non hanno mai recitato prima, o non lo fanno da molto tempo, come Jack. Anche se è talmente professionale che non mi pongo nemmeno il problema".

"Non sembra che gli attori abbiano molte battute da imparare", disse Marina, cercando di evitare di parlare di lui.

Kai annuì mentre impilava i vestiti sul braccio. "Ho scritto il copione affinché gran parte dell'azione e della storia siano raccontate attraverso gli intermezzi musicali. In questo modo, i nostri professionisti condurranno le scene principali, mentre gli attori meno esperti i ruoli di contorno. Hanno famiglia e lavoro, e per molti è la prima esibizione".

"Sarà meraviglioso", disse Ginger. "Dato che sarò io a narrare, potrei coprire gli errori che potrebbero commettere".

"Lo apprezzo molto", disse Kai. "Continueremo a esercitarci nella sala da ballo del Seabreeze Inn finché il nuovo palco non sarà pronto".

"Mi aspetto che tutto si componga magicamente la sera della prima", disse Ginger.

"Con molto lavoro, sì". Gli occhi di Kai brillavano di entusiasmo. "Tuttavia, mi farebbe comodo un po' di polverina magica delle fate. E spero che la notizia arrivi a Dmitri, così potrà vedere cosa si è perso". Allargò la mano in un arco davanti a sé. "Recensioni entusiastiche, per il debutto di Kai Moore alla regia".

"E come scrittrice di commedie", aggiunse Marina, sorridendo. "Ma ti interessano davvero? Axe sembra pendere dalle tue labbra".

Kai si premette una mano sul cuore. "È un vero tesoro. Un vecchio orsacchiotto del Montana con una delle voci più belle che abbia mai sentito. Non so come ho fatto a essere così fortunata, soprattutto dopo Dmitri, il falso per eccellenza". Arricciò il labbro in segno di disgusto, al nome del suo ex fidanzato.

"C'è qualcosa che dovremmo sapere di te e Axe?", chiese Ginger.

"Oh, no", rispose Kai. "Non voglio complicare il nostro primo spettacolo. Questa volta è in gioco il mio lavoro. E non ho mai avuto un'opportunità così".

"Saggia decisione", disse Ginger, lanciando un'occhiata a Marina.

Ma Marina conosceva sua sorella. Kai non faceva mai nulla a metà. Si impegnava con passione per tutto ciò che voleva, cantava a squarciagola per ogni esibizione e si abbatteva quando le cose non andavano come desiderava. Tuttavia, Marina doveva ammirare il modo in cui si era ripresa dopo Dmitri. Forse, aveva imparato qualcosa.

Ginger sollevò da un cartone un carillon dipinto a mano e lo porse a Marina. "Prima di andarcene, vorrei portare alcuni oggetti al piano di sotto. È il momento di fare qualche cambiamento". Scelse da un armadio un lungo mantello color verde militare e lo passò a Kai. "Anche questo si rivelerà utile".

Sebbene Ginger fosse ancora forte e sicura, Marina aveva notato che faceva più attenzione del solito. Una delle amiche più care di sua nonna era caduta all'improvviso, e Ginger sembrava più consapevole delle situazioni potenzialmente pericolose. Le scale che portavano alla soffitta erano strette e ripide.

"C'è qualcos'altro che posso portare per te?", chiese Marina.

"Quest'anno mi piacerebbe avere quel servizio da tè in sala da pranzo. È stato un regalo di Natale dell'ambasciatore francese, anni fa. Che bella coppia che erano, e come ci siamo divertiti. Dovrei chiamarli in questa stagione per augurare loro *Joyeux Noël*. Ci avevano portato nei posti più belli di Parigi, non sempre i più costosi, sia chiaro. Spesso si trattava di piccoli ristoranti di quartiere raramente frequentati dai turisti, ma che utilizzavano gli ingredienti più freschi e servivano piatti della tradizione francese. Non tanto diverso da ciò che Julia Child ha reso celebre, in seguito".

"Era molto prima che internet svelasse tutti i segreti", disse Kai. "Ti aiuterò anch'io, Ginger".

"Sono così fortunata ad avere voi ragazze. Siete i migliori regali che mia figlia mi abbia mai fatto". Ginger mise un braccio intorno a ciascuna di loro e le attirò a sé. "Avere le mie tre ragazze – e i miei pronipoti – per le vacanze è il regalo più bello che potessi chiedere. Non pensate di dovermi dare qualcos'altro". Rise dolcemente. "Alcuni dicono che i miracoli arrivano in gruppi di tre. Basta guardare voi ragazze per capire che è vero".

Marina e Kai si scambiarono un sorriso. Ginger diceva sempre così, ma loro riuscivano comunque a trovare o a fare cose che la deliziavano. Spesso organizzavano gite o piccoli viaggi per sorprenderla. Un anno erano andate in treno al Grand Canyon. Ginger ne parlava ancora. Di tutti i luoghi del mondo in cui aveva viaggiato, non aveva mai visitato il Grand Canyon.

"Ma noi amiamo coccolarti", disse Kai.

Ginger alzò un dito. "Partecipare allo spettacolo inaugurale delle feste è un altro magnifico regalo che non vedo l'ora di ricevere. Quel mantello verde sarà perfetto per le rappresentazioni serali, quando fa più fresco, anche se potrebbe essere un po' pesante di pomeriggio, sotto il sole". Ginger fece una pausa. "Questo spettacolo potrebbe addirittura diventare parte della mia eredità".

Marina si fermò e aggrottò le sopracciglia, a quel commento. "Che cosa intendi dire?"

Con un gesto della mano e un enigmatico sorriso, Ginger disse: "Nessuno di noi conosce il numero di giorni di cui dispone, vero? Ma tutti vogliamo sapere di essere stati importanti".

Ginger aveva un'aria di studiata nonchalance che Marina riconobbe. Kai non sembrava averla colta, ma era impegnata a pensare allo spettacolo.

Anche se Marina non pensava che Ginger avesse qualcosa che non andava, sua nonna affermava spesso che i suoi anni sulla Terra stavano aumentando. Era vero per tutti loro, ma Marina decise di tenerla d'occhio e di fare in modo che per lei fossero delle feste memorabili.

Non poteva immaginare di perdere Ginger. Eppure, Kai aveva preso da lei la *joie de vivre* e Brooke il suo amore per la natura e la cucina. Marina supponeva di aver ereditato il suo senso pratico. Eppure, c'erano ancora così tante cose che dovevano imparare da lei. Soprattutto i suoi saggi consigli.

Marina le tese la mano. "Lascia che ti aiuti a scendere le scale".

"Non essere sciocca", disse Ginger, sollevando il mento. "Riesco ancora ad andare a camminare in montagna. Ma puoi andare avanti tu, se ti senti più a tuo agio".

Marina scambiò un sorriso con Kai. Entrambe si sarebbero prese cura della nonna, ma non l'avrebbero coccolata. L'avrebbero lasciata essere la favolosa Ginger Delavie che era sempre stata.

"Dobbiamo vivere il momento e creare nuovi ricordi ogni giorno", disse Ginger chiudendo la porta dei suoi ricordi più cari. "Soprattutto questo Natale".

10

*M*arina si diresse con la sua Mini-Cooper verso il parcheggio sterrato vicino all'anfiteatro e si rivolse a Kai. "Sembra che molti membri del cast e dei tecnici di scena abbiano risposto alla richiesta di aiuto di Axe, oggi".

"È un sollievo", disse Kai. "La sera dell'inaugurazione arriverà prima di quanto tutti noi immaginiamo".

La piccola auto scassata sussultava sui solchi dello sterrato, ma Marina era in grado di affrontarli. "Pensavo che Axe avrebbe fatto asfaltare il parcheggio per la prima dello spettacolo".

"Sta cercando di portare anche questo lavoro a termine", disse Kai, accigliata. "Ha fatto uno scambio di favori con un altro appaltatore che è stato impegnato in alcuni lavori a pagamento. Quest'estate era a posto, ma dopo le piogge è diventato un po' fangoso. Con il camion di Axe non c'erano problemi, ma so che se ne occuperà".

"Ci sarà molta più gente per gli spettacoli delle feste".

"Speriamo proprio", disse Kai con una smorfia.

Sua sorella non sembrava così sicura di sé come lo era stata con il cast. "State vendendo molti biglietti?", chiese Marina.

"Al botteghino potrebbe andare molto meglio", ammise Kai. "Dobbiamo far sì che la gente del posto ci sostenga".

Marina spense il motore e tamburellò le dita sul volante. "Forse potremmo far vendere i biglietti da Brooke al mercato agricolo. È così che abbiamo lanciato il locale".

"Ehi, potrebbe funzionare". Kai si illuminò. "Basta un po' di polvere magica, no? Getterò un po' di brillantini, dirò *abracadabra* e la gente accorrerà a comprare i biglietti".

Marina rise di quell'immagine, ma si poteva fare. Guardando le altre auto nel parcheggio, disse: "Pronta a martellare e verniciare con il resto della squadra?".

"Andiamo".

Marina uscì dall'auto, indossando i jeans più vecchi che aveva e gli stivali da lavoro. Stavano costruendo e dipingendo le scenografie, ed era ansiosa di vedere il palcoscenico appena ampliato. Tirò su le maniche della sua vecchia felpa universitaria. Quel giorno non si trattava di essere alla moda. Per fortuna non stava cercando di impressionare nessuno, compresi Cole e Jack.

Soprattutto quest'ultimo.

Quando pensò a lui, le spalle le si strinsero. Il fatto che Kai lo avesse scelto per una delle parti più importanti la preoccupava ancora. Non aveva mai detto di voler fare un provino, e chi immaginava che sapesse cantare? Veniva al bar ogni giorno con Leo, e avrebbe potuto dire qualcosa su quella sua passione.

Certo, c'erano state un paio di volte in cui lui aveva voluto parlare, ma lei era stata sommersa da ordini e clienti. Ok, più di un paio di volte. Ma al locale era sempre occupata. Ecco perché le coppie vanno fuori insieme, pensò, ancora irritata dal fatto che lui non gliel'avesse ancora chiesto. Strinse le labbra. Era un'ulteriore prova del fatto che non erano mai stati una coppia, ma solo una situazione di comodo.

Forse era un po' all'antica, ma come diceva spesso Ginger,

bisognava avere degli standard. Che avrebbe voluto fare rispettare a Grady.

"Stai bene?", chiese Kai, scrutandola mentre si avvicinavano al retro dell'auto.

"Certo", disse Marina, staccando il pensiero da Jack. "Perché me lo chiedi?".

"Stai dando a quegli attrezzi uno sguardo terribilmente truce. Non so cosa ti abbiano fatto, ma deve essere stato spaventoso".

Marina fece una smorfia a Kai. "Avevo il sole negli occhi. Ecco, prendi una borsa". Mise tra le sue braccia un sacco con tutti gli accessori di ferramenta che avevano preso da *Nailed It*.

Diede un'occhiata alla copertura appena costruita, di colore bianco perlaceo e curva come una conchiglia. Al tramonto, i raggi la tinteggiavano con un caleidoscopio di colori che andavano da una tonalità dorata di ruggine al blu crepuscolare. L'effetto aggiungeva una certa magia al luogo.

Mascherando il suo disappunto per Jack, Marina si rivolse alla sorella. "Ho un'idea per uno slogan promozionale. Che ne dite di *Sunset at the Seashell*?".

"Possiamo lavorarci su", disse Kai, facendo passare un sacchetto di pennelli sull'avambraccio. Mentre si avviavano verso il nuovo palco, lanciò un'occhiata laterale a Marina. "Sputa il rospo, dai".

"Cosa vuoi dire?"

"Riesco sempre a capire quando sei preoccupata. Esageri, quando cerchi di non dare nell'occhio".

Marina non voleva avere quella conversazione prima che entrassero sul set. "Perché dovrei esserlo?".

"La mia prima ipotesi è Jack".

"Ok, parliamone". Marina si fermò e si girò verso Kai. "Perché hai scritturato proprio lui? Tra tutte le persone che avresti potuto scegliere, proprio il mio ex?".

"Primo, non sapevo che il suo status fosse cambiato nel libretto nero che si trova nella tua testa, e secondo, era di gran lunga la scelta migliore. Anche Axe la pensava così. Si tratta dello spettacolo, Marina, non di te. Dobbiamo mettere sul palco i migliori talenti per la prima. E questo è il mio debutto alla regia, quindi ho bisogno di persone su cui poter contare".

"Ma... proprio Jack? Davvero, tra tutti...". Anche se Marina si lamentava, Kai aveva ragione.

"È solo per le feste. E non è che qui abbiamo chissà quanti talenti fra cui attingere". Kai fece una smorfia. "E poi, perché dovrebbe importarti? Adesso hai Cole con cui divertirti. Lascia che l'altro pesce sguazzi libero. Molte donne ti ringrazieranno".

"Fermiamoci qui", ribatté Marina.

Inarcando un sopracciglio, Kai disse: "Guarda che reazione così forte, per qualcuno di cui non ti importa più nulla".

Marina ignorò quel commento, anche se le aveva fatto male. "La gente ci aspetta e noi siamo in ritardo".

Kai sorrise e aggiunse sarcastica: "Va bene, signora Scrooge. Sono contenta che ci siamo chiarite, su questo punto. Ti chiedo solo di divertirti. Molte persone stanno lavorando sodo per rendere questa festa piacevole per tutti gli abitanti del villaggio".

Con un sospiro, Marina si avviò. "Cercherò di non farmi infastidire da lui", disse alzando le spalle. Era cattiva o stava difendendo se stessa? Certi giorni, quel confine era così sottile che non lo sapeva.

Dietro di lei, Kai rise. "Cambierai idea presto, vedrai".

Quando si avvicinarono al palco, Marina poté vedere che Axe era nel suo elemento naturale, mentre dirigeva i volontari nella costruzione del set. I teli coprivano il pavimento del palcoscenico e i componenti della scenografia prendevano forma dal compensato e da altri materiali grezzi. Al di sopra di tutto ciò, Chuck Berry gorgheggiava *Run Rudolph Run* attraverso il sistema audio. Kai iniziò a cantare insieme a lui.

Marina non poté fare a meno di sorridere.

"Sorpresa", disse Heather, il cui volto spuntò dall'altra parte di una pedana, brandendo un martello. I suoi occhi grigio-azzurri brillavano di felicità.

"Cosa ci fai qui?, chiese Marina, il cui umore si risollevò immediatamente. Abbracciò la figlia. "Pensavo dovessi consegnare un elaborato".

"Sai quanto mi stressano progetti ed esami", disse Heather, infilandosi una ciocca di capelli biondo scuro dietro l'orecchio. "Ho lavorato in anticipo e finito tutto ieri sera, e poi mi ha chiamato la zia Kai. Vorrei partecipare allo spettacolo, ma è durante gli esami finali, e sarei un disastro. Verrò a vederlo non appena avrò fatto l'ultimo test".

"Puoi sempre far parte delle comparse, se hai del tempo libero", disse Kai.

"Lo terrò presente", rispose Heather.

Marina ricordava com'era essere giovani e sentire la pressione, durante i periodi degli esami. "Sono felice che tu sia potuta venire oggi. Tuo fratello è qui?".

"Laggiù, con Jack". Fece un cenno verso il basso.

Marina si irrigidì e sentì che Kai la stava guardando. "Grazie, tesoro".

Dirigendosi verso Ethan, Marina cercò di non spostare lo sguardo su Jack. Decise di comportarsi in modo cordiale e allegro. Quella giornata doveva essere divertente per i volontari, ed era altresì cruciale per Kai e Axe. Il lavoro doveva essere portato a termine, e lei non voleva rischiare di metterlo a repentaglio.

Quando si avvicinò, Ethan alzò lo sguardo. Era il più socievole dei due gemelli.

"Ciao, mamma. Che ne pensi?" Ethan si fece da parte, mostrandole il loro lavoro. "Questo è uno sfondo per la fabbrica di tavole da surf. Lo guarderete da lontano, quindi non deve per forza essere perfetto. Poi ci appoggeremo delle vere tavole da surf vintage. Bello, vero?".

"Hai fatto un ottimo lavoro", disse, annuendo con approvazione al dipinto di un muro di mattoni danneggiato, ancora in corso d'opera.

"È stata un'idea di Jack", propose Ethan. "E la vecchia scrivania laggiù sarà quella di Scrooge nella scenografia dell'ufficio".

Marina si rese conto che Ethan non era al corrente dei problemi che stava avendo con Jack. Suo figlio viveva a San Diego e il suo obiettivo era diventare un professionista del golf. Lavorava in uno dei migliori club e perfezionava le sue abilità di gioco ogni volta che ne aveva l'occasione. Ethan e Jack erano diventati amici, e non c'era motivo di mettere ciò in discussione.

"Ho lavorato a questo progetto con Axe", disse Jack con modestia.

"Sembra che tu lavori bene anche su larga scala", disse Marina, concedendogli un piccolo complimento. Le sue illustrazioni per i libri di Ginger erano accattivanti. "Se sei creativo in un campo, lo puoi essere anche in molti altri", aggiunse con leggerezza.

"Come ai fornelli", disse lui, catturando il suo sguardo.

"Suppongo di sì". Quello era il massimo del tempo che si sentiva di trascorrere con Jack. "Sono di turno per le decorazioni, quindi ci vediamo dopo, Ethan. Kai ha altro materiale, se hai bisogno di qualcosa".

"Anche Jack ha portato un sacco di roba", disse Ethan. "Pennelli e attrezzi nuovi".

Con l'aria un po' imbarazzata, Jack aggiunse rapidamente: "Non è molto, ma ho pensato che Kai e Axe potessero apprezzare qualsiasi aiuto io potessi dare loro".

"È stato gentile da parte tua", disse Marina, e lo pensava davvero.

"Ci farebbe comodo un'altra mano qui", replicò Jack.

Marina non intendeva cascarci. "Se vedo qualcuno senza nulla da fare, te lo mando. Ci vediamo dopo".

Sapeva cosa Jack voleva dire, ma doveva allontanarsi da

lui. Tuttavia, quando si voltò, si imbatté in Leo, che le gettò le braccia al collo. Scout ansimava impaziente accanto a lui, finché non saltò per leccare la guancia di Marina.

"Ciao a tutti e due", disse ridendo, mentre si massaggiava la guancia.

"È così divertente", aggiunse Leo. "Vieni a vedere cosa sto facendo". Le prese la mano e la trascinò verso il palco a sinistra. "Io e gli altri bambini stiamo dipingendo il tavolo che useremo per la scena della cena di Natale".

"Ha un bell'aspetto", disse Marina, ammirando il suo lavoro.

Salutò Samantha e Logan, il nipote di Jack, e alcuni degli altri ragazzi di Summer Beach. C'erano anche i figli di Brooke. Stavano tutti lavorando al tavolo e alle sedie. Schizzi di vernice rosso scuro punteggiavano i loro volti e i vestiti, ma si stavano divertendo. Alcuni stavano incartando scatole vuote come regali, mentre altri riempivano una credenza di piatti e dipingevano un tacchino di cartapesta.

Mentre lavorava accanto a Cole, Ginger la salutò con un cenno del capo. "Oh, Marina, cara. Unisciti a noi".

Marina si diresse verso di loro. "A cosa state lavorando?"

Ginger indicò una porta che poggiava su un paio di cavalletti. "Questa sarà all'ingresso dell'appartamento di Scrooge. È per la scena in cui il battente si trasforma nel volto del suo socio defunto. Solo che Cole ci farà un buco, e una comparsa truccata da spirito darà vita alla scena".

"Geniale!", disse Marina, sorridendo.

Cole alzò lo sguardo dal suo lavoro. "Mentre io costruisco le scenografie, tu e Ginger potreste dipingerle". Le passò un braccio sulla spalla. "Ti prendo un pennello?".

"Ne prendo uno da Kai e vi raggiungo", rispose Marina.

Sebbene considerasse il gesto di Cole semplicemente come parte del modo di relazionarsi tra vecchi amici, poteva essere interpretato come qualcosa di più. Gli accarezzò la mano e lanciò un'occhiata a Ginger, che sembrava felice di essere all'opera. Marina si chiese se la nonna potesse avere dei cali di energia. "Sarà una giornata lunga. Potresti trovare uno sgabello o una sedia per Ginger?".

Nonostante le proteste di Ginger, Cole si toccò la visiera del berretto da baseball che indossava. "Troverò qualcosa per entrambe".

Dopo che se ne fu andato, Ginger disse: "Che gentilezza da parte di Cole. Avere un uomo intorno ha i suoi vantaggi".

"Posso portare le sedie da sola", disse Marina. "Non farti venire strane idee".

"Oh, non sono io quella con certe idee. Quell'uomo non riesce a smettere di parlare di te".

"Siamo solo vecchi amici", insistette Marina.

Mentre Marina attraversava il palco che le ricordava una scena del laboratorio di Babbo Natale, sentiva gli occhi di Jack su di lei. Non solo, poteva giurare che quelli del gruppo di Java Beach stessero mormorando tra loro e le lanciassero sguardi.

Si ricordò della scommessa. *Jack contro Cole.*

Lasciali parlare, decise. Quando conduceva il notiziario del mattino, aveva imparato che a prescindere da qualsiasi cosa facesse, gli spettatori avevano sempre una loro opinione. Oltre alle notizie, la gente aveva spesso da dire anche sul suo stile e sul suo abbigliamento. Per un telespettatore, la nuova giacca di Marina poteva essere troppo tradizionale, per un altro la sciarpa che indossava troppo appariscente. E poi c'erano i commenti sui capelli: Troppo corti, troppo lunghi, troppo crespi in una giornata umida. Doveva ignorare tutte quelle chiacchiere per concentrarsi e svolgere il suo lavoro nel modo migliore.

Cosa che intendeva fare anche in quella situazione. Marina decise di divertirsi, quel giorno. Si tirò su le maniche, alzò il mento e salutò le persone con un sorriso.

Tutti erano lì per diffondere l'atmosfera gioiosa delle feste e rafforzare il senso di comunità. Attraverso Ginger, era da tempo legata a Summer Beach. Ma ora era casa sua e doveva farsi strada, lì. Se significava fare amicizia con persone che scommettevano sui suoi affari di cuore, lo avrebbe fatto.

Summer Beach era una piccola città; la gente spettegolava sempre. Tuttavia, quelle stesse persone erano le prime a dare una mano in caso di bisogno. Formavano una famiglia allargata ed erano legati semplicemente dal fatto di vivere in riva al mare, con i suoi piaceri e le occasionali minacce della natura.

Marina diede una gomitata a Kai. "Hai un pennello per me?".

Mentre Kai ne estraeva uno dalla borsa della spesa, sussurrò: "Allora, oggi fai parte del Team Jack o del Team Cole?".

Facendo una smorfia, Marina rispose: "Del Team Marina".

"Mi piace", Kai rise. "Vai così, bella".

Axe si avvicinò a loro, spalancando le braccia: "There's no business like show business", cantò con la sua profonda voce baritonale.

Kai cantò la battuta successiva e Axe la fece volteggiare, ridendo entrambi.

"Le scenografie stanno venendo bene", disse Marina, felice di vederli divertirsi.

"E siamo contenti che tu ne faccia parte", rispose Axe, toccandosi la fronte come se volesse togliersi un cappello Stetson in segno di rispetto. "Kai, dai un'occhiata alle varie parti della scenografia e dimmi cosa ne pensi".

"Sembrano tutte super", disse Kai. "Devi aver iniziato all'alba".

"Poco dopo", aggiunse Axe. "Quel Cole è una macchina. Lui e Jack stano facendo una specie di gara. Hanno costruito la maggior parte dei pezzi. Di questo passo, finiremo in metà tempo".

Marina non poté fare a meno di sorridere. Quella competizione aveva i suoi vantaggi.

Per il resto della mattinata, Marina lavorò con Ginger, Cole e il resto della squadra. Notò che Jack e Cole continuavano a guardare i lavori l'uno dell'altro e ad aumentare il ritmo, tanto che lei e Ginger non riuscivano a tenere il passo. Dovettero aggiungere altri volontari per finire l'ultimo pezzo della slitta di Babbo Natale. Sebbene non fosse presente nella storia originale, Kai l'aveva aggiunta alla fine per i bambini del pubblico.

Quando finirono, Ginger fece un cenno a Jack e Cole, che si stavano congratulando a vicenda. "Questa competizione amichevole è stata una gran cosa per il teatro", disse Ginger. "E non potrà far male, anche per quello che ti riguarda".

"Non sono un premio da vincere", disse Marina. "Anche se tutto ciò mi lusinga, non so se sceglierò uno di loro".

"Magari nessuno dei due", rispose allegramente Ginger. "Rilassati e goditi queste attenzioni, mia cara. Un giorno ti mancheranno. A meno che tu non abbia la fortuna di avere qualcuno come il mio Bertrand, che se n'è andato troppo presto. Ecco perché sono così grata di avere le mie ragazze vicino".

Marina abbracciò Ginger. "Non so cosa farei senza di te".

"Un giorno dovrai imparare", disse Ginger. "E poi tramanderai la mia saggezza alla prossima generazione, a Heather e Ethan, e alla tribù di ragazzi di Brooke. Ne avranno sicuramente bisogno".

"Ginger, c'è qualcosa che mi stai nascondendo? Ultimamente continui a dire cose del genere".

Mentre la nonna puliva il pennello, si limitò a scrollare le spalle. "È la realtà. Tutti abbiamo un momento in cui dobbiamo andarcene. A questo proposito, vorrei rivedere presto le mie ultime volontà con voi".

"Tu non...". La gola di Marina si chiuse, contro quelle parole che non riusciva a far uscire.

"Cielo, no. Però cerco di essere pratica".

Marina annuì e riuscì a dire: "Aspettiamo fino a dopo le feste".

Ginger sembrava delusa. "Come desideri. Ma troverai tutto nella mia cassaforte. Conosci la combinazione".

Lo aveva detto davvero? Non importa, insistette Marina tra sé e sé. Ginger, durante quelle feste, non sarebbe andata da nessuna parte.

11

*J*ack si stiracchiò nel letto del suo cottage vicino alla spiaggia. L'aria frizzante filtrava dalla finestra che aveva lasciato aperta la sera prima e portava un certo sollievo alle sue membra in fiamme.

Essendo un uomo che si guadagnava da vivere con un computer portatile e un blocco da disegno, ogni muscolo delle braccia e del busto, che un tempo lo assecondavano, urlava di agonia. Perché il giorno prima aveva permesso a Cole di spingerlo a fare una gara? Almeno avevano finito le creazioni a tempo di record, ed era riuscito a farne una in più di lui.

Si trattava di un piccolo elfo per la scena finale, ma quel piccolo furfante aveva il suo peso. E aveva fatto la differenza per Leo, che teneva il conto.

Leo era orgoglioso di lui. Jack avvertiva una sensazione di calore che non aveva mai provato prima. Suo figlio aveva piena fiducia in lui, e non avrebbe mai voluto deluderlo.

Jack fece oscillare i piedi doloranti sul pavimento e trasalì. Era giunto il momento di pagare pegno per le sue azioni. Con cautela, si diresse verso il bagno, sentendosi vecchio di almeno duecento anni. Aprì l'armadietto con lo specchio e deglutì alcune pastiglie antidolorifiche da banco. Con le mani a coppa, bevve l'acqua fredda del rubinetto e si bagnò il viso.

Almeno, poteva starsene seduto nel suo piccolo e soleggiato ufficio fuori dalla camera da letto. Avrebbe dedicato quel giorno ad abbozzare una nuova serie di illustrazioni per il libro di Ginger.

"Buongiorno, papà", disse Leo, entrando nel bagno aperto. "Sono pronto".

"Sì? Pronto per cosa?"

"La corsa sulla spiaggia che mi avevi promesso".

Jack si appoggiò al lavandino. "Giusto. A proposito…"

"Sto indossando le nuove scarpe da corsa che mi hai regalato. Vedi?" Leo si mise a correre sul posto a grandi falcate. "Scommetto che con queste posso andare più veloce di Samantha".

Jack gli rivolse un sorriso affaticato. "Sono un po' stanco, dopo ieri. Che ne dici se ci andiamo la prossima settimana?".

L'entusiasmo di Leo evaporò e il suo volto si accartocciò. "Ma Samantha e suo padre ci raggiungeranno sulla spiaggia. Faremo tardi se non partiamo subito".

"Scusa, me n'ero dimenticato", disse rapidamente Jack. Aveva un debito di gratitudine nei confronti del padre di Samantha per essersi occupato di Leo lungo tutti quegli anni, prima che Vanessa chiamasse Jack a entrare nella vita di Leo. Ma soprattutto, non voleva deludere suo figlio.

"Dammi un minuto per mettermi qualcosa addosso". Jack tornò zoppicando nella sua stanza.

"Perché cammini in modo così strano?", chiese Leo.

"Bè, sono vecchio, molto più di te. A volte le persone della mia età camminano così al mattino".

Leo fece una smorfia. "Sembra scomodo".

Jack si stiracchiò e si girò, sciogliendo il busto e le gambe. "Tra un paio di minuti starò bene".

Leo corrugò la fronte con scetticismo. "Lo spero proprio".

"Vai a lavarti i denti", disse Jack, arruffando i capelli del figlio. "Saremo fuori dalla porta tra cinque minuti".

"Ottimo", disse Leo, scoppiando di nuovo in un sorriso.

Jack indossò una vecchia felpa sopra la maglietta e indossò un paio di pantaloni pesanti da jogging. Le mattine stavano diventando sempre più fredde, anche se il sole riusciva ancora a penetrare lo strato di umidità proveniente dal mare e a riscaldare i pomeriggi per qualche ora. L'inverno in spiaggia si stava avvicinando.

Quando viveva a New York, amava uscire dalla città durante l'inverno e camminare lungo le coste fredde e battute dal vento del New England. A volte si imbatteva in un po' di nevischio, ma l'aria era frizzante e rinvigorente e calmava il ritmo frenetico della città nella sua mente.

"Hai quasi finito, Leo?". Fischiando per chiamare Scout, Jack si avviò verso la porta d'ingresso.

L'allampanato Labrador retriever saltò da dietro un angolo, scivolando sul parquet. Ridacchiando, Jack si abbassò e grattò Scout dietro le orecchie. "Ehi, bello. Vuoi andare in spiaggia?".

Scout scattò sull'attenti e si sedette. La sua coda sbatteva sul pavimento mentre aspettava che Jack gli agganciasse il guinzaglio. A Jack piaceva lasciarlo libero senza guinzaglio nell'apposita spiaggia riservata. Sulla spiaggia principale, Scout aveva troppe distrazioni. L'ultima cosa che Jack voleva fare quel giorno era avere a che fare con un cucciolone troppo cresciuto tutto bagnato e fuori controllo.

Jack tenne la porta e Leo lo precedette. Una volta raggiunta la spiaggia, John li salutò e Leo scattò verso Samantha.

Nonostante i muscoli in fiamme, Jack riusciva a correre facilmente al fianco di John.

"Come ti senti stamattina?", chiese John.

"Non male". Jack odiava ammettere la sua debolezza.

John sorrise. "Se ieri io avessi lavorato al ritmo forsennato che hai tenuto, oggi ne pagherei le conseguenze".

Sbuffando, Jack lanciò uno sguardo imbarazzato verso John. "Si vede così tanto?".

"Possiamo prendercela comoda, finché non ti passa". John rallentò il passo mentre i ragazzi correvano più avanti. "Raggiungeremo Sam e Leo tra qualche minuto. Finché riusciamo a vederli, va bene".

Scout, al guinzaglio, iniziò a tirare. "Rallenta, bello", ansimò Jack. "O stai al passo, o mi farai cadere".

Anche se non era in forma come John o il sindaco Bennett, ci stava arrivando. Se non altro, la sua voglia di sigarette era diminuita, anche se al primo sentore di fumo aveva ancora una risposta pavloviana che doveva gestire.

Scout lo guardò come per ridere, ma alla fine il cane ebbe pietà di lui e rallentò.

John rise. "Così impari ad affrontare un Marine".

"Non so di cosa tu stia parlando".

"Mi sa che sei l'unico a Summer Beach a non saperne nulla. Ho sentito che ieri le quote si sono spostate a tuo favore. Avrei anche potuto puntare un paio di dollari su di te. Senza ansia, però".

Jack scosse la testa. "Ma che razza di posto è questo, in cui la gente si comporta così?".

"È una piccola città, Jack. Il tipo di posto dove sono cresciuto, e che quindi capisco. È un bene che possiamo ancora far crescere i bambini in un ambiente di questo tipo. La mia società di consulenza tecnologica è cresciuta da quando ci siamo trasferiti qui. Senza perdere tempo in riunioni, ne ho molto di più da dedicare alla produttività". Sorrise. "La gente nelle piccole città spettegola, quindi abituati".

"Anch'io sono un ragazzo di campagna", ansimò Jack. "Tuttavia, mi sono abituato all'anonimato di New York. Avevo i miei posti del quartiere che frequentavo, ma se volevo sparire dalla circolazione per un po', era facile. Anche allora viaggiavo molto. Non c'era niente che mi legasse, ma ora sono contento di avere Leo".

"Era così anche a Los Angeles", disse John. "Le cose con Leo stanno funzionando?".

"Abbastanza bene", rispose Jack. "E si è fatto rapidamente degli amici nel quartiere".

"Ne siamo felici", disse John. "Detto tra noi, Denise e io siamo rimasti sorpresi che tu ti sia fatto avanti per occuparti di Leo. Molti uomini non l'avrebbero fatto". Esitò. "Hai parlato con Vanessa, di recente?".

"Il nuovo trattamento sperimentale sta facendo miracoli per lei. Sta bene".

"Sì, e a proposito…"

Allarmato, Jack rallentò. "È successo qualcosa?". Considerava Vanessa una cara amica, oltre a essere la madre di suo figlio. Pregava che la sua malattia non fosse tornata.

"Non ciò che pensi tu", disse John rapidamente. "Ma ho pensato che dovessi essere preparato a qualche novità".

Jack sentì la tensione penetrare nelle sue spalle. Poteva contare sul fatto che John fosse sincero con lui. "Di che tipo?"

"Il team di ricerca in Europa è rimasto molto impressionato dai risultati di Vanessa. Vuole che lei parli loro della sua esperienza".

"È una buona idea".

"Le hanno chiesto di andare a Zurigo".

"Sono sempre felice di prendermi cura di Leo".

"Subito, Jack. Prima delle feste e per tutto l'anno nuovo. Vuole portare Leo in Svizzera con lei".

Jack sospirò. "Leo ci rimarrà terribilmente male per lo spettacolo delle feste".

"Lo so", disse John, sembrando a disagio. "Ma il punto è questo… potrebbero stare via per molto tempo".

Qualcosa nella voce di John portò Jack a dire: "Non dirmi che rimarrà lì".

Distogliendo lo sguardo, John sembrava a corto di parole.

"Stai scherzando, vero?". Jack si aspettava una risposta, ma John si limitò a scuotere la testa. "Non può farlo". Jack aveva difficoltà a respirare, al pensiero di non vedere Leo ogni giorno.

"Pensa al tempo prezioso che resta a Vanessa", disse John. "Forse avrà una vita normale, ma nessuno lo saprà finché non verranno fatti altri studi".

Jack si sentì in colpa per i suoi pensieri egoistici. Probabilmente lui avrebbe avuto molti più anni con Leo di quanti ne avrebbe avuti lei, anche se sperava di sbagliarsi. "Deve rimanere in zona per altre cure?".

John prese fiato. "Non è questo. Vanessa ha parlato con uno dei ricercatori, il dottor Noah Hess, che è un medico e uno scienziato piuttosto rinomato. Più volte al giorno, in effetti. L'ha incontrata a Los Angeles con la sua équipe medica e abbiamo cenato con Noah e Vanessa l'ultima volta che l'abbiamo accompagnata". John esitò. "Credo che sia innamorata, Jack. Per questo sta pensando di trasferirsi".

"Oh, accidenti". Sentendosi messo fuori gioco, Jack si passò una mano tra i capelli. "Sono contento di sapere che Vanessa ha trovato qualcuno, ma io e Leo abbiamo appena iniziato a legare. E abbiamo ancora molta strada da fare". L'amarezza e lo sgomento gli salirono dentro. "Ho cambiato tutto nella mia vita per Leo. E sono stato felice di farlo".

"Se ne rende conto, ma non sa come dirtelo".

"Wow. Non me l'aspettavo". Jack si sentì come se gli avessero tirato un cazzotto nello stomaco. "Non può aspettare fino a dopo Natale?".

"Vuole che lei incontri i suoi figli. Sono adulti, ma ho capito che li ha invitati per venire a conoscere Vanessa e Leo".

"Sembra una cosa seria. Non pensavo che Vanessa volesse sposarsi".

"Ciò non esclude che possa desiderare una relazione", disse John. "Dopo quello che ha passato, dovremmo essere felici per lei e lasciarla andare". Si schiarì la gola. "È dura anche per Denise. Sono state migliori amiche per anni. Ci siamo trasferiti qui per lei – non fraintendermi, sono felice di averlo fatto – ma Denise sentirà davvero la sua mancanza. E a Samantha si spezzerà il cuore, a perdere Leo".

"Poveri ragazzi", disse Jack, pensando a Leo. "Hanno davvero legato, durante tutte queste peripezie".

John scosse la testa. "Non ne hai idea. Sono cresciuti insieme, quindi sono praticamente fratelli".

Vanessa aveva diritto alla sua vita, ma Jack non riusciva a immaginarsi senza Leo. Sbatté forte le palpebre, elaborando quell'informazione. "Quando?"

"Non appena la scuola finirà, e inizieranno le vacanze. Vanessa non l'ha ancora detto a Leo, ma intende farlo questa settimana".

Jack si affacciò sull'oceano, lasciando che gli spruzzi frizzanti gli pungessero le guance. "Leo può comunque partecipare alla recita fino ad allora. Kai poi può trovare un sostituto che prenda il suo posto. Abbiamo bisogno di questo tempo insieme, John".

"Lo farò presente a Vanessa. Ma dovresti parlarle. Fammi sapere quando, e io e Denise porteremo Leo con noi, così potrete parlare".

Jack batté i pugni con John. "Lo apprezzo molto".

Davanti a loro, Leo e Samantha si erano voltati e stavano correndo verso di loro. Quando i due li raggiunsero, Leo si lanciò tra le braccia di Jack che lo aspettava.

Jack lo fece volteggiare, abbracciandolo forte mentre cercava di immaginare cosa avrebbe fatto senza suo figlio.

Ma non doveva essere così. Immediatamente Jack pensò a cosa avrebbe potuto fare a Zurigo. Poteva seguire Leo; poteva trovare lavoro lì. O, forse, continuare a lavorare con Ginger via internet.

Poi, sentendosi combattuto, pensò a Marina. Immediatamente, avvertì pesantemente sul suo petto il peso dell'occasione perduta. Pensò che lui e Marina avrebbero avuto molto tempo davanti a loro.

Jack posò Leo e lo prese in braccio. "Ti voglio bene, Leo".

Suo figlio gli rivolse uno sguardo radioso. "Anch'io ti voglio bene, papà". Poi lui e Samantha sgattaiolarono via di nuovo.

Guardandoli andare via, Jack ebbe un solo pensiero.

Che la vita, semplicemente, non è giusta.

12

"*P*rendete qui i biglietti per la serata inaugurale del Seashell, il nuovo anfiteatro di Summer Beach". In piedi nel viottolo del mercato agricolo, Kai ne sventolava un paio. Indossava degli orecchini che, in realtà, erano degli ornamenti lampeggianti, e indossava una felpa scintillante con la scritta *Un canto di Natale… in spiaggia*.

Dietro di lei, Marina rise, pensando a come sua sorella aveva aiutato a far conoscere i suoi muffin e brownies al mercato dopo il suo arrivo a Summer Beach.

"Impossibile non notarla, tutta agghindata come un albero di Natale", aggiunse Brooke mentre disponeva le sue verdure invernali biologiche su un lato del tavolo, i muffin ai mirtilli rossi e all'arancia e il pane alla zucca di Marina sull'altro.

"Aspetta che inizi a cantare", sussurrò Marina.

"Ti ho sentita", disse Kai. Come se fosse il momento ideale, iniziò a canticchiare un brano di *La signora mia zia*, prima di lanciarsi in un'appassionata interpretazione: "We all need a little Christmas…".

I clienti rallentavano il passo per poterla ascoltare.

"Ora", sussurrò Marina a Brooke. Cominciarono a distribuire volantini.

Kai le strizzò l'occhio, mentre iniziò a cantare in crescendo. La folla e gli altri venditori scoppiarono in un applauso e Kai eseguì un inchino teatrale, accompagnato da un ampio sorriso. "Venite al nostro primo spettacolo natalizio! I biglietti sono disponibili fin da ora, ma come il latte e i biscotti di Babbo Natale, stanno andando a ruba".

"A proposito, ci sono dei biscotti in omaggio con ogni biglietto", disse Marina. "Cioccolato bianco e noci di maca-damia con mirtilli rossi, le specialità di stagione del Coral Café. E già che ci siete, assicuratevi di prenotare i vostri cestini natalizi da picnic per lo spettacolo al Seashell".

Una giovane coppia si avvicinò al tavolo. "Lo spettacolo è adatto ai bambini?", chiese la donna.

"Assolutamente", disse Kai. "L'ho scritto pensando a loro, e molti dei nostri ragazzi di Summer Beach si esibiscono in questa produzione. Abbiamo anche un ospite speciale alla fine di ogni spettacolo". Kai si portò la mano alla bocca come se volesse condividere un segreto. "Indosserà un abito rosso e le sue iniziali sono S.C.".

"Sembra divertente", fece la donna al marito. "Per quali date sono disponibili i biglietti?".

"Può dirvelo Marina", disse Kai allegramente.

"Ne sarei felice", replicò lei. "Le andrebbe bene la serata di apertura? Credo che siano rimasti alcuni buoni posti". Tirò fuori un calendario.

Dopo aver deciso la data, la coppia si informò sui cestini da picnic.

Marina indicò una foto del loro cestino da picnic natalizio che aveva scattato. Ne aveva creato alcune versioni che fossero adatte alle diete vegetariane, a quelle senza glutine e per i diabetici.

"Nel nostro cestino più apprezzato, troverete dei panini con tacchino arrosto e mirtilli rossi con patatine dolci fatte in casa, la nostra insalata fresca di broccoli biologici e pane alla zucca, con o senza uvetta imbevuta di rum". Indicò le varianti e consegnò loro un menu stampato.

"Ordiniamoli", disse il marito. "Sembra tutto delizioso, e probabilmente migliore di quello che potremmo mettere insieme".

"Ottimo. Mia sorella Brooke farà il totale per voi". Marina prese alcuni biscotti che aveva preparato e li fece scivolare sui tovaglioli. "Grazie, e godetevi lo spettacolo".

Marina si girò verso Kai e applaudì. "Bis, bis".

Kai inclinò la testa. "Con piacere".

Mentre lei allietava la folla riunita con *It's Beginning To Look A Lot Like Christmas*, Marina e Brooke vendevano biglietti e prenotavano cestini da picnic natalizi.

Ben presto, una grande folla si radunò nel mercato agricolo e Marina individuò Jack e Leo in piedi ai margini. Leo guardò Kai con stupore e si fece strada tra la folla con Jack e Scout al seguito. Leo era un bambino così adorabile, ed era così felice di recitare sul palco nel ruolo di Tiny Tim. Lei gli fece un cenno con un dito, invitandolo ad avvicinarsi.

"Sei emozionato?" Marina mise un biscotto in un tovagliolo e glielo porse.

Leo annuì con entusiasmo. "È la cosa più bella che mi sia mai capitata. A parte il fatto di avere un nuovo papà".

Jack fece scivolare il braccio intorno alla spalla di Leo e si inginocchiò accanto a lui. "Andrai benissimo, amico. Questo è uno spettacolo che non dimenticheremo mai".

Qualcosa nel modo in cui premette la sua guancia contro quella di Leo fece battere il cuore di Marina. Tuttavia, Jack aveva una strana espressione triste. Quando Leo si voltò per guardare Kai, Jack rimase con la mano sulla spalla di Leo, guardando suo figlio invece di Kai.

Era difficile credere che fosse lo stesso uomo che aveva visto a teatro mentre cercava di superare Cole nella costruzione di scenografie. Di recente era successo qualcosa che aveva trasformato Jack. Marina si chiese se le condizioni di

Vanessa fossero peggiorate. Forse si stava preparando a prendersi cura di Leo.

Prima che Marina si rendesse conto di ciò che stava facendo, si rivolse a lui, sussurrando: "Jack, va tutto bene?".

Jack le prese la mano e la guardò negli occhi come se la vedesse per la prima volta. Il suo sguardo conteneva una tale miscela di amore, riconoscimento e rimpianto che lei fu colta di sorpresa dalla sua intensità.

"Ho commesso molti errori", esordì con voce roca e carica di emozioni. "Ma non ho mai vacillato su quanto tengo a te".

"Jack, non c'è bisogno di spiegare".

"No, lo voglio", disse lui, tenendole ancora la mano. "Posso portarti fuori nella tua sera libera?".

Anche se Marina cercò di mantenere la calma, il suo cuore si strinse alle sue parole. "Credo che entrambi sappiamo che è troppo tardi".

"E poi potremmo fare una passeggiata sulla spiaggia", disse rapidamente. "Come facevamo una volta. Devo parlarti di una cosa". Il suo viso arrossì. "Non intendo mettermi tra te e Cole. Non ci vorrà molto".

Marina dovette stemperare l'intensità di quella situazione confusa. Distogliendo lo sguardo, allontanò la mano. "Mi dispiace, ma sono molto impegnata".

"Solo qualche minuto. Per favore?"

Non aveva mai sentito Jack supplicarla, e ciò la turbava. Sembrava così vulnerabile. Brooke la fulminò con lo sguardo, e le fece un leggero cenno.

Marina non riusciva a credere che lo stesse facendo, ma si rivolse a Jack. "Possiamo vederci questo pomeriggio". Propose un orario.

Un'espressione sollevata gli illuminò il viso. "Che ne dici di quella grande roccia vicino al Coral Cottage? Hai presente?".

"Ci vediamo lì". Marina e le sue sorelle vi facevano un gioco che si chiamava "Regina del mare", in cui si sfidavano per arrivare in cima. Avevano inventato una storia su come quella roccia fosse stata tirata fuori dal mare da una regina sirena per sorvegliare la spiaggia.

Kai finì la sua canzone, e gli applausi risuonarono nell'aria. Tese le mani a Leo. "Ed ecco una delle stelle del nostro spettacolo, Leo Ventana. Un applauso alla nostra giovane stella. Leo, fai un inchino".

Leo sembrava che stesse per scoppiare dall'emozione e si inchinò più volte verso la folla. "Spero che verrete allo spettacolo", disse Leo, salutando. "Sarà molto divertente. Anche per voi".

Tutti risero e Leo si divertì molto a condividere le luci della ribalta con Kai. Ma l'attenzione di Marina era rivolta a Jack. I suoi occhi avevano uno sguardo dolceamaro e passava la mano sulle spalle di Leo come se potesse perderlo da un momento all'altro.

Brooke si chinò verso di lei. "Cosa preoccupa Jack?"

Marina lo guardò. "Non ne ho idea, ma è cambiato".

"Forse Jack sta per concedere la sconfitta a Cole".

"Non dirmi che ci hai scommesso sopra anche tu".

Brooke scosse la testa. "Io punto sempre su di te".

"Cole è solo un buon amico". Marina era rattristata da quei pensieri, ma capì che Brooke poteva avere ragione. Avrebbe incontrato Jack.

"Sei l'unica che ci crede", disse Brooke, inarcando un sopracciglio. "Cole è un brav'uomo. Molte donne stanno osservando quello che sta succedendo tra voi due".

"Davvero, Brooke. Non è così".

"Vedo il modo in cui ti guarda".

"Prendete qui i biglietti per lo spettacolo", disse Kai, girandosi verso Marina e Brooke. Marina spostò rapidamente i suoi pensieri, ma guardò Jack e Leo allontanarsi con Scout che trotterellava al loro fianco. Persino il cane sembrava abbattuto.

Quando il mercato finì, Brooke contò gli incassi. Avevano

esaurito le verdure e i prodotti da forno di Marina. Anche le vendite dei biglietti e le prenotazioni dei picnic erano state impressionanti.

"Abbiamo avuto una giornata fantastica", disse Brooke.

"Grazie alla polvere magica delle fate di Kai", aggiunse Marina. Avvolse gli ultimi due biscotti in un tovagliolo. "Li porto a Cookie O'Toole. Torno subito".

Mentre Marina si faceva largo tra la folla che si diradava, vide Cole in piedi da un lato, al telefono. Voleva parlargli, ma odiava origliare. Aspettò nelle vicinanze.

"Anche per me è bello parlare con te, Babs", disse Cole.

Sentendo questo, le si drizzarono le orecchie. Aveva parlato con Babs il giorno prima, e si erano divertite a ricordare e a ridere delle loro sciocchezze passate. Marina aveva detto che Cole era di passaggio a Summer Beach, ma non voleva darle l'impressione che tra loro ci fosse qualcosa di più di un'amicizia. Eppure, il rispetto di Marina per lui stava crescendo. Anche se Jack lo aveva sconfitto per poco nella gara di costruzione delle scenografie, l'aveva presa bene.

Tuttavia, le mancavano l'arguzia e l'intelligenza di Jack. Sarebbe stato bello parlargli, pensò, ritenendo che Brooke potesse avere ragione.

Non le piaceva l'idea di essere il premio, ma Ginger le avrebbe detto che doveva esserne orgogliosa. Le parole di sua nonna le tornarono in mente. *Un giorno la gente non ti guarderà più come una volta.* Marina si era opposta a quel modo di pensare, perché per tutta la vita aveva lavorato duramente per essere giudicata non in base al suo aspetto, ma alle sue capacità.

Mentre aspettava, non riuscì a sentire le parole esatte di Cole, ma dalla sua voce capì che si stava godendo la conversazione. Pensava che Babs lo avesse devastato. Eppure, forse alla fine era stata lei a pagare per tutto ciò. Marina non poteva esserne certa, ma quando le aveva chiesto del suo nuovo marito, aveva cambiato argomento. Non una, ma due volte.

Anche se erano anni che Marina non vedeva la sua amica,

la conosceva bene. Aveva la sensazione che non fosse felice del suo nuovo matrimonio. Forse se ne era pentita.

Cole toccò il telefono, lo mise in tasca e si girò. "Marina, non ti avevo visto", disse con aria sorpresa.

"Passavo di qui", rispose.

"Era Babs", disse Cole, guardando il telefono. "Ha detto che voi due avete parlato e voleva che lo sapessi".

"Eravamo buone amiche e desideravo semplicemente recuperare il tempo perduto".

Cole sembrava imbarazzato, come se fosse stato colto in fallo. "Poteva essere imbarazzante, tutto qui".

"Eravamo tutti buoni amici, Cole. Non è cambiato nulla, tranne che Stan non c'è più".

Tuttavia, mentre Marina parlava, si rese conto che nella mente di Cole qualcosa era cambiato. Anche se non era sicura di cosa si trattasse.

13

"*M*etti l'agrifoglio in casa..." La voce di Kai mentre cantava salutò Marina mentre entrava nel Coral Cottage. Sulla porta era attaccato un foglio di carta scritto a mano da Kai stessa, che recitava: *Prove per i costumi qui. Entrate pure!*

"Ciao a tutti", disse Marina mentre si toglieva la giacca a vento blu e la appendeva sull'attaccapanni vicino alla porta. Per il pranzo aveva indossato un maglione leggero a righe bianche e blu sotto la sua giacca da chef. Lì al cottage il sole era splendente, l'aria un po' fredda e le feste in pieno svolgimento, mentre continuavano i preparativi per la serata di apertura.

"Com'è andato il pranzo al caffè?", chiese Kai.

"Abbastanza bene. Heather ha fatto un ottimo lavoro nel sostituirti, ma ai clienti sei mancata".

"Ma vedrai che adoreranno lo spettacolo", disse Kai. "Dove sono i miei attori?", chiese.

Quando Axe e Jack entrarono nella stanza con i loro abiti di scena, Kai fece loro un cenno. "Per favore, giratevi in modo che possa vedere i vestiti da tutte le angolazioni".

Seduti sul divano, Leo e Samantha osservavano con gli occhi spalancati per l'emozione.

La sera prima, Marina aveva aiutato Kai a sistemare i camerini di prova per le donne nella camera da letto di Kai e per gli uomini nello studio di Ginger. Sua sorella sarebbe stata impegnata tutto il giorno.

"C'è un profumo delizioso qui dentro", disse Marina, guardando Jack. L'aroma avvolgente del sidro di mele caldo proveniva dalla cucina. Aveva aggiunto al menu la ricetta del sidro di sua nonna e i suoi muffin ai mirtilli rossi e all'arancia. I clienti amavano i piatti stagionali del menu del Coral Café.

"Ginger è in cucina", disse Kai. "Qui siamo in piena modalità festiva".

Al centro del salotto, Kai scattava foto di Jack e Axe in costume. In qualità di direttore artistico e di tuttofare, oggi aveva sfoggiato l'ennesimo cambio di aspetto, vestita con un maglione nero e leggings neri, e i folti capelli biondo fragola raccolti alla svelta in una coda di cavallo. Kai si fermò a osservare i due uomini che si giravano lentamente davanti a lei.

Jack era vestito come il povero Bob Cratchit, oberato di lavoro, con una felpa con cappuccio a brandelli e scarpe da ginnastica consumate, che erano sue, come sapeva Marina. Axe vestiva i panni del taccagno Ebenezer Scrooge, con un cappotto marrone e dei logori pantaloni color kaki.

"Bah, sciocchezze", sbraitò Axe come fosse un moderno Scrooge, portandosi i pugni ai fianchi con un certo cipiglio.

Kai rise. "Penso che tu l'abbia imparato alla perfezione. Però, Jack, con quel costume ti servirà un'espressione più contrita. Per quanto riguarda te, Axe, penso che possiamo fare di meglio di quella giacca. Più tardi farò un paio di schizzi per farvi capire la direzione che vorrei prendere".

Marina sentiva lo sguardo di Jack su di lei. Il giorno prima, quando era arrivato un fornitore con cui doveva parlare, non c'era stato modo di fare la passeggiata che Jack desiderava. Poi lui era dovuto andare a prendere Leo a scuola, quindi avevano rimandato. Non riusciva a immaginare cosa ci fosse di così importante da discutere, ma pensava che avesse a che fare con Leo. In fondo, lei e Jack avevano chiuso.

Sulla porta della cucina apparve Ginger. Indossava un grembiule ricamato con la scritta *Dalla cucina della signora Claus*, sopra ai pantaloni a coste color crema e un maglione di cachemire rosso. "Volete del sidro di mele caldo?".

"Sembra delizioso". Marina si sfregò le mani. In inverno, il sole scaldava la spiaggia solo per poche ore al pomeriggio. Il vecchio cottage poteva essere un po' pieno di spifferi. "Devo accendere il fuoco per riscaldare?". Aveva bisogno di fare qualcosa per tenersi occupata, con Jack nei pressi.

"Certo", disse Kai. "Sta diventando un po' freddo qui dentro".

Marina si inginocchiò davanti al focolare, aggiunse i ramoscelli che avevano raccolto in giardino e accatastò i ceppi nel camino. Dopo aver acceso e attizzato le fiamme, si girò e si accorse che Jack la stava guardando.

Proprio in quel momento, Leilani apparve nel corridoio dietro di lui. Indossava il vestito a pois rossi che Ginger aveva conservato in soffitta.

"Wow, sei bellissima, Leilani", disse Marina, spostando rapidamente lo sguardo da Jack. Anche se era perfettamente cordiale e lo trattava come avrebbe fatto con chiunque altro, sentiva la tensione tra di loro.

O era la sua immaginazione? Si sventolò il viso. "Questo fuoco ci riscalderà rapidamente".

Kai fece scattare la penna e prese alcuni appunti su un taccuino di fustagno. "Jack, vorrei vederti con la giacca rossa indosso. E insieme a Leilani, la signora Cratchit, per vedere come starete insieme per la cena della vigilia di Natale da *Chez Cratchit*".

"Posso aiutarvi in qualcosa?", chiese Marina. Era impressionata dall'approccio organizzato di Kai. Sua sorella era più uno spirito libero, e Marina aveva visto il suo atteggiamento professionale solo nelle esibizioni sul palco. Quel ruolo manageriale era nuovo per Kai e Marina era contenta di vedere quanto lo prendesse sul serio. Kai stava sbocciando.

La sorella sembrò sollevata da quell'offerta. "Potresti fotografare gli abiti? Così risparmieremo tempo. Devo assicurarmi che le modifiche siano perfette". Kai fece cenno alla donna che stava accanto a Leilani. "Voi due potreste venire qui, mentre Jack si cambia?".

"È così emozionante, e adoro questo vestito", disse Leilani, volteggiando al centro della stanza. Tese la gonna del suo abito a pois bianchi e rossi.

"Sarai favolosa con questo vestito, sul palco", disse Kai. Le prese tra le dita le spalle del vestito e si rivolse a Louise, la responsabile del guardaroba, che gestiva anche la tintoria del paese, *Laundry Basket*. "Ginger è più alta, e le spalle spuntano un po' in alto. Pensi che possiamo modificarle per adattarle meglio a Leilani?".

Louise annuì, con i capelli grigio-acciaio che brillavano alla luce del sole invernale che filtrava dalle finestre del cottage. "È un lavoro abbastanza facile. Il corpetto calza bene, però, e la lunghezza è quella giusta". Prendendo degli spilli d'acciaio da un piccolo cuscino rosso che portava legato al polso, lo appuntò per adattarlo. "Com'è?"

Kai guardò il vestito. "Leilani, per favore, girati".

Mentre Leilani si spostava, Samantha guardava con gli occhi spalancati. "È veramente, veramente bello. Vorrei avere un vestito così".

Denise prese la parola dal suo posto sul divano. "Pensi di poter fare quel vestito per mia figlia?".

"Ne sarei felice", disse Louise. "Ho le sue misure, quindi potrei fare un modello per lei partendo da questo vestito. Sarebbe carino per le feste, soprattutto con un piccolo inserto di pelliccia sintetica bianca. Potrei fare anche quello".

"Sembra adorabile", disse Denise. "Avremo alcuni eventi speciali quest'anno".

"Grazie, mamma". Samantha era entusiasta, mentre Louise faceva dei segni sul vestito di Leilani con un gesso da sarto bianco.

"Che ne dici di una mantellina sopra questo vestito?", chiese Louise a Kai. "Di notte farà piuttosto freddo durante lo spettacolo".

"La apprezzerei molto", disse Leilani, rabbrividendo un po'.

Kai ci pensò. "Preferisco il look senza mantello, ma dato che non siamo in un teatro riscaldato, suppongo che ci possa stare. Non voglio che il cast si prenda una polmonite. È una cosa che ho visto succedere".

"Una mantellina di lana sottile si abbinerebbe bene all'abito e non risulterebbe troppo ingombrante", disse Louise. "Credo di averne una che posso donare alla causa".

"Non è troppo elegante, vero?", chiese Kai. "I Cratchit non sono ricchi".

"Dovrebbe andare bene", disse Louise.

Pochi istanti dopo, Jack riapparve con dei pantaloni scuri, una camicia di voile bianca e la giacca da pranzo rosso mirtillo del nonno.

Marina trattenne il respiro alla sua vista. La giacca gli stava bene in tutti i punti.

"Bravo", disse Ginger mentre passava a Marina una tazza di sidro caldo. "Bertrand sarebbe orgoglioso di te. Sospettavo che foste più o meno della stessa taglia. Mi sono sempre piaciuti gli uomini con le spalle larghe".

Scaldandosi le mani sulla tazza, Marina sorrise al commento di Ginger, anche se doveva ammettere che aveva un bell'aspetto.

Come se Kai le avesse letto nel pensiero, disse: "Forse è troppo elegante per Cratchit".

Jack accarezzò la manica. "Il mio personaggio non potrebbe aver conservato una giacca buona per le feste?".

"Che ne dite di una sciarpa a maglia un po' logora?". Marina suggerì. "Non è particolarmente da spiaggia, ma per la scena della festa, che importa? E Leilani sarà bellissima".

Incontrando il suo sguardo, Jack sorrise lentamente. "Funzionerebbe, non è vero, Kai?".

"Penso di sì. In verde, direi. O nero. Vedremo cosa riusciremo a trovare. Bella idea, Marina". Kai prese appunti sul suo taccuino. "Dovremmo cambiare i pantaloni e la camicia di voile con qualcosa di più casual".

"Ho un paio di pantaloni che potrebbero andare bene", disse Jack.

"Portali alle prove". Kai si rivolse a Marina. "Potresti fare delle foto a Jack? Da tutti i lati, per favore".

Sentendosi in imbarazzo, Marina scattò le foto mentre Jack si girava. Un pigro sorrisetto incurvò le labbra di Jack, ma non importava. "Ecco fatto", disse Marina, forse in modo un po' troppo brillante. "Il prossimo?"

"Jack, stai vicino a Leilani ora", disse Kai, mettendosi su uno sgabello e aggiustandosi la sciarpa. "Voglio vedervi insieme. Comportatevi in modo naturale".

"Bene". Marina scattò qualche altra foto.

Kai alzò lo sguardo verso Ginger. "Vediamo come ti sta il mantello che hai portato giù".

Mentre aspettavano Ginger, Kai guardò i vestiti per Leo. Aveva fatto acquisti nei negozi dell'usato per i suoi abiti e per quelli di altri attori. "Vediamo prima il pigiama di flanella per la scena del letto, poi i jeans scoloriti e un enorme maglione color crema per il banchetto della festa".

"Oh, fantastico", disse Leo, precipitandosi nei camerini degli uomini.

Marina rise. "Dovremmo essere tutti entusiasti come lui".

"È così felice di recitare nello show", disse Denise. "So che

Vanessa sarà felice di vederlo in scena, anche solo per qualche spettacolo".

"Scusami?" Kai si voltò verso di lei.

"Intendevo per i pochi spettacoli di questo periodo delle feste", disse Denise. Le sue guance si arrossarono. "L'anno prossimo potrebbe farlo qualcun altro".

Kai inclinò la testa. "Con la sua passione per il teatro, credo che Leo sia solo agli inizi. Ha un talento naturale. Forse Vanessa non se ne rende conto".

"Ne sarà davvero sorpresa", disse Denise. "Anche Samantha ama molto tutto questo".

Mentre Marina ascoltava lo scambio di battute, qualcosa le sembrò strano: non ciò che aveva detto Denise, ma il modo in cui le era suonato. Come se si fosse lasciata sfuggire delle informazioni che non intendeva dire.

O forse ci stava solo leggendo più del necessario. Quando Leo ritornò, Marina scattò delle foto e lui si comportò come se fosse un vero servizio fotografico. Lei rise. Era un talento naturale. Forse aveva preso da suo padre.

Dopo che ebbero finito con Leo, Ginger fece il suo ingresso. Indossava un muumuu floreale, con allegri fiori rossi e fronde di palma che Marina ricordava dalle foto. Sopra, il mantello verde militare che aveva trovato al piano di sopra. Ginger entrò regalmente nella stanza e si mise in posa.

"Che ve ne pare della Signora narratrice?". La ricca voce da palcoscenico di Ginger attraversò la stanza. "Potrei farmi fare un cappello adatto, magari decorato con conchiglie e stelle marine. Mi appoggerò ad uno sgabello e guiderò i nostri gentili spettatori durante lo spettacolo".

Kai ridacchiò. "È perfetto, Ginger. Potresti rubare la scena".

"Ho tutte le intenzioni di farlo, a modo mio", disse Ginger. "Collaboreremo tutti per far sì che sia un successo strepitoso".

Kai e Louise continuavano a lavorare su ogni abito per i personaggi e le scene, mentre i membri del cast arrivavano, facevano il loro turno di prova e se ne andavano. Per Carol Reston, Kai aveva organizzato una consulenza privata a casa sua, dicendo che Carol stava per tirare fuori di tutto dai suoi armadi.

Marina si chiedeva quale aspetto avrebbe avuto lo Spirito del Natale Presente della storia, interpretato proprio da Carol. Non vedeva l'ora di vedere il costume durante la prova generale. Qualunque cosa fosse, era sicura che sarebbe stata favolosa.

Dopo che tutti se ne furono andati, Kai crollò sul divano. "È stato intenso. Ma non sarà magico? Adoro quando i costumi cominciano a prendere forma".

"Cosa vuoi che mi metta?", chiese Marina, dandole un colpetto con il gomito. "Sono solo una comparsa, ma forse ho qualcosa di adatto nell'armadio. Oppure potrei saccheggiare di nuovo i bauli di Ginger".

"Oh, mio Dio, non posso credere di essermi dimenticata di te", disse Kai, schiaffeggiandosi la fronte. "Ogni comparsa è importante, ma soprattutto tu. Probabilmente abbiamo molti abiti da spiaggia nell'armadio. Ho detto a tutti di indossare sotto degli abiti di seta sottile o magliette termiche per stare più al caldo".

Marina si lasciò cadere sul divano accanto a lei e rise. "Non preoccuparti. Troveremo qualcosa". Mise un braccio intorno alla sorella. "Quello che stai facendo è piuttosto coraggioso e impressionante. Ti ho già detto che ti trovo fantastica?".

Kai appoggiò la testa sulla spalla di Marina. "Significa molto per me sentirtelo dire. So che ero solo una bambina quando i nostri genitori sono morti, ma in momenti come questo mi chiedo spesso cosa avrebbero pensato".

"Sarebbero stati così orgogliosi di te", disse Marina dolcemente, accarezzando i capelli ondulati di Kai. "Perderli è stata dura per tutti noi, ma io e Brooke abbiamo trascorso più tempo con loro, quindi abbiamo più ricordi che ci confortano.

Ho spesso pensato che per te sia stata più dura, perché eri così piccola. Avevi un vuoto incolmabile nella tua vita e poco da cui attingere per alleviare il tuo dolore".

Con gli occhi pieni di emozione, Kai guardò Marina e le prese la mano. "Ho avuto te, Brooke e Ginger, e tutte voi mi avete accudito. Sono sempre stata consapevole di questa mia fortuna".

Trattenendo le lacrime, Marina si portò una mano al cuore. "Sono sempre con noi e so che ti sorridono e ti danno il cinque come hanno sempre fatto".

"Me lo ricordo", disse Kai sorridendo. "Non ho memoria di molto altro, ma di quello, ne ho un'immagine chiara nella mia mente".

Marina la abbracciò stretta. "Ho le migliori sorelle del mondo".

"È buffo, lo penso anch'io". Marina si asciugò gli angoli degli occhi.

Ginger tornò in salotto, dopo aver restituito a Louise il mantello per il guardaroba dei costumi. "Cosa sono tutte queste lacrime? Dovrebbe essere un'occasione felice, memorabile".

"Stavamo parlando di mamma e papà", disse Marina. "E di quanto sarebbero orgogliosi di Kai".

"Oh, sì, davvero". Ginger avvolse entrambe con le braccia. "Sento spesso la loro presenza, in particolare durante le feste. Come amavano organizzare un Natale speciale per tutti voi. Avrebbero adorato questo spettacolo e sono sicura che avrebbero insistito per partecipare anche loro".

"Sono così felice, per questo cast così meraviglioso", disse Kai. "Soprattutto Leo. Ruberà la scena, anche a te, Ginger".

"Quei giovani birbanti lo fanno sempre", rispose Ginger con uno sbuffo teatrale. "Sarà un meraviglioso Tiny Tim".

Marina aggrottò le sopracciglia, ricordando ciò che aveva detto Denise. Più che altro, era il suo comportamento a essere stato inquietante. Lanciò un'occhiata a Kai, chiedendosi se dovesse condividere con lei quei suoi sospetti. Tuttavia, quel commento di Denise non sembrava averla turbata, quindi Marina lasciò perdere.

Era Kai che comandava e non spettava a Marina interferire. Se c'era un problema, Kai l'avrebbe gestito meglio di lei.

14

*K*ai batté le mani. "Tutti ai vostri posti. Eseguiremo l'intero spettacolo dall'inizio, senza fermarci, in questa ultima prova generale. E fate attenzione ai vostri costumi. Immaginate che sia la sera della prima e che sarete favolosi, i migliori di sempre. Questa sera andrà in modo esattamente uguale, solo che la prossima volta avremo una visita da parte dell'uomo vestito di rosso".

Tutti erano emozionati per i costumi e le scenografie che li avrebbero aiutati a creare l'atmosfera magica delle feste. Mentre il cast e la troupe applaudivano, Marina si chiese chi avesse trovato Kai per interpretare il ruolo di Babbo Natale. Non lo aveva detto a nessuno.

Negli ultimi giorni, Marina aveva aiutato Kai e Axe con le prove nel nuovo teatro. Aveva portato insalate e panini e riscaldato zuppa di vongole del New England e bisque di gamberi su alcuni fornelli nel backstage.

Kai e Axe si erano anche messi d'accordo con il gruppo musicale della scuola di Celia. Ora la piccola buca dell'orchestra era piena di giovani musicisti e di alcuni abitanti del luogo che Axe aveva richiamato dalla pensione. Vestiti con abiti scuri, stavano accordando i loro strumenti e attendevano con impazienza le indicazioni.

Il morale era alto, e Marina amava stare dietro le quinte con il cast e la troupe. Si trattava di un vero sforzo per Summer Beach e tutti si aspettavano che il Seashell, il nuovo teatro, avrebbe attirato più visitatori. Marina era pronta per fare la sua parte come comparsa, cantando sulla spiaggia nella prima scena. Indossava un fluente caftano estivo con sotto i caldi abiti di seta invernale che usava per sciare.

Negli ultimi giorni, Brooke era stata felice di trascorrere un po' di tempo nella cucina al Coral Café per sostituire Marina. Durante lo spettacolo, i dipendenti part-time che aveva addestrato si occupavano dell'ultimo turno della giornata, ma con l'avvicinarsi delle feste e l'infreddolirsi delle serate, gli affari all'imbrunire erano notevolmente diminuiti. Le persone erano impegnate a fare acquisti e a programmare viaggi.

Brooke aveva anche supervisionato i preordini dei cestini da picnic. Chip ne avrebbe gestito la distribuzione sul posto, mentre Brooke si sarebbe unita al cast come comparsa insieme a Marina. Erano tutti lì per sostenere Kai.

Mentre i membri del cast si affrettavano a prendere posto sul palco, Kai si avvicinò a Marina. "Dopo un tranquillo spettacolo di apertura per amici e parenti, avremo qualche giorno per sistemare tutti i problemi. Quindi, ho organizzato una prima ufficiale per recensori e critici teatrali la settimana seguente, per farci pubblicità".

Marina si accigliò. "Pensi che sia saggio invitare i critici? Di solito recensiscono produzioni elaborate, e questo è un cast abbastanza amatoriale".

"Carol Reston è la nostra stella, nel ruolo dell'impareggiabile Spirito del Natale Presente", rispose Kai, agitando un dito. "Inoltre, avranno *moi*", aggiunse con un'occhiata. "Amatoriali? Non credo proprio! Tutti saranno all'altezza della situazione. E poi, abbiamo bisogno di farci pubblicità".

Kai interpretava lo Spirito del Natale Passato e indossava un abito luccicante da sirena, bianco ghiaccio, con una parrucca a cascata di capelli bianco-argentei, come Dickens aveva descritto nel libro. Il suo trucco era bianco con ombretto blu elettrico sugli occhi, scintillante come la corona di conchiglie che portava.

Marina rise. Kai era di buon umore quella sera. "Pensi che il cast sia pronto?".

"Più che pronto". Kai posò una mano sulla spalla di Marina. "Abbiate fiducia nel processo creativo: il lavoro è tutto fatto. Ora prenderà forma, come per magia, nella serata inaugurale. Succede sempre, quando si accendono i riflettori".

Axe apparve alle loro spalle e avvolse Kai in un affettuoso abbraccio. "Questo perché la nostra impavida direttrice è stata una luce guida, che brilla più di tutti noi".

Kai abbracciò Axe e gli baciò la guancia. "Ed ecco l'uomo che ha reso possibile tutto questo".

Marina osservava la facilità con cui Kai e Axe interagivano tra loro. Quell'omone del Montana con la voce profonda e gli stivali da cowboy non poteva essere più diverso da Dmitri, l'ex fidanzato di Kai, eppure sembrava quello giusto per lei. Entrambi avevano un profondo amore per l'intrattenimento, la diffusione della gioia e il saper tirare fuori il meglio dagli altri.

Summer Beach ne aveva bisogno.

"Abbraccio di gruppo", disse Kai, tirando Marina nel cerchio.

Marina rise. Anche lei ne aveva bisogno. Forse sua sorella aveva ragione; spesso le cose si risolvono magicamente, com'era successo per il suo locale.

E con una giusta dose di duro lavoro dietro le quinte, naturalmente.

"Il Seashell è l'inizio di una nuova pagina di storia a Summer Beach", dichiarò Axe, raggiante. "Non avrei potuto realizzare questo sogno senza Kai. Forse io ne ho piantato i semi, ma lei ha portato il sole".

"E ogni tanto, qualche nuvola di pioggia", disse Kai, mentre ridevano insieme.

"La natura ha bisogno anche di quello", disse Marina. Quando Axe baciò la fronte di Kai, il cuore di Marina si sciolse per loro. "Qual è il vecchio detto inglese per augurare buona fortuna?". Tutto ciò che ricordava era che augurare fortuna agli attori non era considerato di buon auspicio.

All'unisono, Kai e Axe dissero: "Rompiti una gamba!".

"E cosa significa?"

"Ci sono diverse teorie al riguardo", spiegò Axe. "Nell'epoca elisabettiana, il pubblico batteva i piedi o la sedia sul pavimento in segno di approvazione. Se sbattevano la sedia abbastanza forte, potevano romperne una gamba, cosa che era considerata la più alta forma di apprezzamento per lo spettacolo. Tuttavia, alcuni sostengono che siano stati gli antichi greci, mentre altri attribuiscono questo detto alla ricezione del pagamento per uno spettacolo. Dove e come sia nata quella frase, si tratta di una vecchia superstizione teatrale. Basta che non ci auguriate…".

"Shh!", disse Kai, ammonendolo. "E qualunque cosa tu faccia, non provare nemmeno a menzionare quella classica tragedia scozzese".

Marina inclinò la testa. "Vuoi dire Mac…"

Kai mise una mano sulla bocca di Marina. "Su questo siamo molto seri, e intendo proprio *molto* seri". Si rivolse ad Axe. "È ora. Cominciamo".

Dopo un altro bacio sulla guancia, Axe salì sul palco per la sua prima scena.

Kai lo seguì con lo sguardo e sorrise.

"Axe è un bel tipo", disse Marina.

"Non è il migliore?". Kai sospirò felice. "Pensavo che lavorare insieme potesse significare la morte del nostro rapporto, ma ci ha avvicinati ancora di più. È come se respirassimo la stessa aria, e mi sento più me stessa quando sono con lui". Esitò, e abbassò il tono di voce in un sussurro. "Potrebbe essere davvero quello giusto".

"Ti sosterrò", disse Marina, abbracciando la sorella. Aveva un'ottima opinione di quell'uomo grande e grosso, anche per quanto riguardava il cuore.

"E tu, con Cole?", chiese Kai, inclinando la testa verso di lui, anch'egli vestito con il suo costume da spiaggia, lì ad aspettare dietro le quinte di fronte a loro.

"Saremo sempre buoni amici", disse Marina. Era vero. Se la loro amicizia si sarebbe trasformata in qualcosa di più oppure no, non poteva dirlo. Tuttavia, proprio quando pensava di tenere Cole nella categoria degli amici, si chiedeva se avrebbe perso un'opportunità con uno dei migliori uomini che avesse mai conosciuto, oltre a Stan, naturalmente.

Mentre guardava il palco, Jack e Leo presero posto alle estremità opposte. I due sorrisero e le fecero un pollice in su.

Marina ricambiò il gesto.

"Ho sentito che ora le probabilità sono di nuovo a favore di Cole", sussurrò Kai osservando quello scambio. "Mi sa che saranno delle feste interessanti".

"Non ti sarai messa di mezzo pure tu?". Marina fece una smorfia, ma il suo cuore e la sua testa erano fuori sincrono. "Perché non riesco a tenere tutti fuori dalla mia vita sentimentale?".

"Quindi ammetti di averne una", Kai ridacchiò. "Lo sapevo. Chi è il fortunato?". Finse di essere scioccata portandosi una mano alla bocca. "O, forse, lo sono tutti e due?".

"Sei incorreggibile", disse Marina, ridendo del suo commento. Sbattendo le ciglia, aggiunse: "Ginger dice che una vera signora non racconta mai nulla".

"È vero", disse Ginger, passando con il mantello che le svolazzava intorno. "Ma stasera questa signora racconterà a tutti una storia meravigliosa".

Prendendo posto in fondo al palco, Ginger si appollaiò su

uno sgabello. Leggeva la narrazione come se fosse una storia, da un enorme libro di scena intitolato *Un canto di Natale... in spiaggia*. Ginger aveva insistito per imparare a memoria le sue battute. Jack ne aveva illustrato la copertina, insieme ai manifesti che stavano vendendo per raccogliere fondi per il teatro.

Marina dovette ammettere che Jack aveva talento. Guardò quella che Kai chiamava la casa, anche se si trattava solo di alcune panchine sotto il cielo stellato.

Il marito di Brooke e altri vigili del fuoco locali avevano aiutato la squadra di Axe a costruire delle panche robuste per il pubblico. In futuro avrebbero migliorato i posti a sedere, ma erano comunque meglio che far sedere la gente sul terreno freddo. Come diceva spesso Axe, avrebbero costruito quel teatro mattone dopo mattone. Ci sarebbe voluto del tempo per ottenere tutto ciò che volevano, ma se lo stavano guadagnando.

"Tutti ai vostri posti", disse ancora Kai battendo le mani. "Eccoci qui: l'ultima prova generale prima della serata di apertura". Diede il via alla squadra dei tecnici per le luci e il direttore fece un cenno alla sua piccola orchestra.

Marina si unì al suo gruppo di comparse. Erano tutti ansiosi di iniziare.

Tutto d'un tratto, la magia delle feste si materializzò intorno a loro sugli accordi iniziali di *Little Saint Nick* dei Beach Boys, diffusi da un incredibile impianto audio. Poiché non si trattava della versione tradizionale dello spettacolo, ma aveva un'atmosfera da spiaggia, Kai e Axe avevano aggiunto dei brani a tema. Tramite Carol e Hal, avevano ottenuto il permesso di usare delle canzoni contemporanee, ma avevano anche riscritto i testi di alcuni vecchi classici delle feste che erano ormai di dominio pubblico.

Sul palco, Marina si unì al gruppo iniziale di comparse. Interpretavano alcune famiglie che si aggiravano per il villaggio sulla spiaggia. Palme addobbate con le luci brillavano sopra di loro. Marina sorrise, mentre recitava la sua breve parte.

Successivamente, un riflettore illuminò Jack nei panni di Bob Cratchit, che tremava per il freddo mentre era intento a lavorare su una tavola da surf, e Axe nei panni di Scrooge, chino su una scrivania ad esaminare i libri contabili.

Ginger iniziò a leggere. "In una fredda vigilia di Natale sulla spiaggia, il povero Bob Cratchit lavora fino a tardi alle tavole da surf di Scrooge e Marley, mentre Ebenezer Scrooge conta i suoi soldi". Fece un cenno al pubblico. "Unitevi a noi in una magica esperienza natalizia, mentre li andiamo a trovare in un viaggio di Natale molto speciale".

Jack si avvicinò a un angolo per mettere un altro pezzo di carbone nel camino, ma Axe scosse la testa e disse: "Non sprecarne, Cratchit. Sulla spiaggia non sta ancora nevicando".

"Sì, signore". Jack tornò di corsa al lavoro e tirò le maniche della sua felpa a brandelli sulle sue dita tremanti. Guardò l'orologio sopra di lui, che segnava il suo tempo di lavoro.

Mitch di Java Beach salì sul palco nei panni di Fred, il nipote di Scrooge. Pieno di buonumore, parlò con voce forte e chiara, con un po' di verve da surfista. "Buon Natale, zio. Ti unirai a noi per la cena di Natale domani?".

"Bah, sciocchezze", disse Axe, accigliato.

Dopo aver lasciato il palco, Marina si unì di nuovo a Kai per guardare lo spettacolo dalla prima fila. Sua sorella coglieva ogni movimento sul palcoscenico, con la penna in bilico sul taccuino. Con luci, musica e costumi, lo spettacolo prese vita. Era ancora più fantasioso di quanto Marina avesse pensato, e il cast si esibì nelle scene senza molti intoppi.

Più tardi, quando fu il momento di una scena di folla di cantori sulla spiaggia, Marina fece un'altra entrata sul palco con *Deck the Halls*, solo che Kai aveva cambiato le parole. *Con dei rami delle palme, la-la-la-la-la, la-la-la-la.*

Dal pubblico, Marina potè sentire le risate di uno sparuto

gruppo che comprendeva Chip, il sindaco Bennett, Ivy e il marito di Carol Reston, Hal.

Quando Marina scese dal palco, Carol le fece l'occhiolino. "Ben fatto", sussurrò.

"Non che abbia fatto molto".

"Ogni parte è importante", disse Carol.

Kai fu la successiva, a interpretare lo Spirito del Natale Passato. Sollevando il mento, si calò nel personaggio, apparendo sul palco.

Marina la guardò mentre guidava Scrooge attraverso il suo viaggio, dove lo spettro gli mostrava alcune immagini della sua vita. Quando la sua voce intonò una canzone, Marina sentì dei brividi sulla schiena e persino Carol la osservò con un sorriso. Kai era davvero eccezionale.

Quando sul palcoscenico venne il turno di Carol, il suo personaggio irruppe con l'allegra personalità dello Spirito del Natale Presente. Indossava un mantello di velluto verde bosco bordato di finta pelliccia bianca su una tuta di paillettes. Un cappello a cilindro abbinato, ornato di vischio e tempestato di stelle marine, completava l'insieme. Carol e Kai avevano realizzato quell'abito attingendo dal vasto guardaroba di Carol per le sue esibizioni.

"Wow, è spettacolare", disse Marina.

"Vero, eh?" Kai era affascinata. "Siamo così fortunati, ma sono contenta di non dovermi esibire dopo di lei".

Marina vedeva Ginger battere i piedi, godendosi i brani musicali.

Nella scena successiva, lo spaventoso Spirito del Natale Futuro non disse una parola, ma si limitò a predire a Scrooge un futuro terribile, a meno che non avesse cambiato le sue abitudini. Padre Rip, il pastore surfista che si occupava del suo gregge sulla spiaggia, interpretò la parte alla perfezione, in abiti scuri con i suoi dreadlocks fluenti e un remo carbonizzato come bastone. Non doveva memorizzare alcuna parola, solo le indicazioni per muoversi sul palco, ma il suo personaggio dava una certa solennità alla storia.

Dietro di lei, Leo si agitava, aspettando il suo segnale.

"Stai andando benissimo", disse Marina. Prima aveva rubato la scena con il suo pigiama di flanella, e la scena della cena di Natale a casa Cratchit era la successiva.

Prendendo posizione sul lato del palcoscenico, Jack le sorrise. "Ti stai divertendo?"

"È fantastico", disse.

"Ci siamo persi quella passeggiata", disse lui, toccandole la mano. "Possiamo prendere una tazza di cioccolata dopo lo spettacolo?".

"Devo pulire qui dietro. Abbiamo molto da fare prima del debutto".

"E se vi aiutassi?"

Nonostante il suo buonsenso le dicesse tutt'altro, Marina annuì. "Va bene".

Un minuto dopo, Jack dava il meglio di sé sul palco con la giacca da pranzo rossa di Bertrand e Leilani volteggiava tra i bambini con il vestito a pois rossi di Ginger. L'effetto era bellissimo, ma Marina non riusciva a staccare gli occhi da lui. Si premette la mano sul cuore, osservandolo. La sua interpretazione di Bob Cratchit era a dir poco entusiasmante e i suoi occhi si offuscarono mentre lo guardava.

Proprio in quel momento, Cole le si affiancò e le passò un braccio intorno alla spalla. Marina gli sorrise.

Per sua fortuna, non parlò di Jack. "Leilani è davvero brava in questa scena", sussurrò.

Con il cuore spezzato tra i due uomini, Marina poté solo annuire.

15

*J*ack stava aspettando da *Spirits & Vine*, l'unico posto in paese aperto a quell'ora dove potevano parlare. Le prove erano andate abbastanza bene, ma ora si stava esercitando per un compito molto più difficile: parlare con Marina.

Il palco non lo spaventava, ma affidare il suo cuore a Marina sì. Fece cenno a un cameriere.

"Posso avere due cioccolate calde?", chiese Jack.

"Quest'anno ne abbiamo molte varietà diverse per le feste", rispose il cameriere, elencandole sulle dita. "Moca alla menta, cioccolata calda messicana piccante e cioccolata speziata alla zucca. Se ti piace un dolce in tazza, abbiamo la cioccolata calda Red Velvet. Oppure, per qualcosa di più caldo, possiamo servirla con un bicchierino di crema irlandese o di rum caldo speziato".

Marina scivolò sulla sedia di fronte a lui. "L'ultima sembra deliziosa", disse, scostando i suoi capelli dai riflessi castani dalle spalle. I suoi occhi brillavano ancora di emozione per le prove. "Non devo guidare, io".

"Anch'io sono venuto a piedi", disse Jack. Il Seashell era a pochi passi dal villaggio e lui abitava proprio dall'altra parte. "Due rum caldi speziati", disse al cameriere.

"Che bello rilassarsi dopo lo spettacolo", aggiunse Marina, tirando il fiato.

Mentre lei si toglieva la giacca, Jack non riusciva a distogliere lo sguardo dai suoi movimenti aggraziati. Tuttavia, Jack capì che era nervosa, dal modo in cui continuava a stuzzicarsi un'unghia. Come avevano fatto a finire in quel modo, quando erano partiti così bene?

Purtroppo, conosceva già la risposta. La palla era stata nel suo campo, e lui aveva sbagliato il tiro. Era stato evasivo con lei e l'aveva lasciata a interrogarsi sulle sue intenzioni.

Un giorno, mentre lavorava con Ginger, l'anziana signora era andata dritta al punto, dopo aver terminato una delle sue storie. *Devi sempre agire in base a ciò che hai nel cuore. Segui la tua passione.*

Lui pensò che si stesse riferendo alle sue illustrazioni e alla sua scrittura, finché lei aggiunse: *e questo vale anche per le persone speciali della tua vita.* Gli aveva rivolto uno sguardo così severo che era impossibile da fraintendere.

Come faceva Ginger a conoscerlo meglio di quanto lui conoscesse se stesso?

Marina agitò le dita per attirare la sua attenzione. "Volevi parlare?"

"Certo". Jack si spostò sulla sedia. Nel ristorante e nel bar c'era ancora una folla vivace, ma lui aveva chiesto di sedersi in una zona più tranquilla. "Si tratta di Leo".

Se c'era stato un briciolo di speranza negli occhi di Marina, ora era svanita. Non che non fosse pazza di Leo – Jack sapeva che lo era – ma forse sperava che avessero ancora una possibilità.

Altrimenti, perché sarebbe venuta lì?

Almeno, era ciò che a Jack piaceva pensare. Si passò una mano tra i capelli. Per fortuna il cameriere li interruppe con l'ordinazione.

Jack lo ringraziò. Tanto per dire, gli chiese: "Verrai allo spettacolo al Seashell?".

Sentì gli occhi di Marina su di lui. Sapeva che stava prendendo tempo.

"Ho sentito dire che sarà fantastico".

Dopo aver parlato per un paio di minuti, il cameriere li lasciò per conto loro e Marina ci riprovò.

"Volevi parlare di Leo?"

"Sì, ma anche di qualcos'altro". Alle sue parole, la vide irrigidirsi. "Ascoltami. So che è tardi e che abbiamo avuto una lunga giornata, ma sembra che per tutta l'estate abbiamo corso in direzioni diverse, per fare quello che dovevamo. Io con Leo, tu con il tuo locale. Tuttavia, so che queste non sono scuse".

Marina scosse la testa. "Questa è la nostra realtà, non è vero?".

"Avevo programmato di passare più tempo insieme, solo noi, come avevamo detto. In qualche modo, l'estate mi è sfuggita di mano. Dopo averti deluso, mi è diventato ancora più difficile chiederti di uscire".

Lo sguardo di lei si conficcò nel suo. "Stento a crederlo, detto da un uomo in grado di andare in capo al mondo per inseguire una storia da raccontare".

"Una delusione professionale la posso gestire". Piegò un tovagliolo, poi lo ripiegò di nuovo. "Credo che avessi paura di essere rifiutato da te".

Marina sorseggiò il suo rum caldo speziato e sembrò riflettere su ciò che aveva detto, mordicchiandosi un angolo del labbro. Infine, chiese: "Allora, ci riproviamo?".

Jack le prese la mano, quasi non osando credere di avere una piccola apertura con lei. "Non sai come lo vorrei", disse, cercando nei suoi occhi una conferma. "Ma c'è dell'altro".

"Leo?"

"In realtà si tratta di Vanessa. Ha incontrato una persona che le interessa molto".

"Dopo tutto quello che ha passato per la sua salute, non è un bene?"". Marina sembrava felice per lei.

Jack sapeva che erano diventate amiche dopo il *Taste of Summer Beach* organizzato da Marina. "Lavora nel campo della medicina, ma non vive nelle vicinanze. Nemmeno in questo paese".

Il sorriso di Marina si spense. "Come farà?"

Passandosi una mano sulla fronte, Jack disse: "Per cominciare, lei e Leo passeranno il Natale lì".

"È così presto. Ma che ne sarà di Leo e della sua parte nello spettacolo?"".

"Ha deciso di lasciarlo divertire per un po'. Un altro ragazzo dovrà prendere la sua parte. Logan, probabilmente". Jack bevve un sorso del suo cocktail caldo. "Non gliel'ha ancora detto".

Un'espressione di consapevolezza riempì il volto di Marina. "Deve essere quello che Denise si è quasi lasciata sfuggire l'altro giorno".

Jack annuì. "La relazione è seria. Vanessa cercherà un appartamento per loro durante le feste". Fissò fuori dalla finestra, cercando ancora di capire cosa significasse. "Leo ne sarà devastato".

Marina sfiorò la mano di lui con la sua. "Sarà difficile anche per te. È una distanza notevole da lui".

Jack fece un respiro e si fermò di colpo. Gli si strinse il petto mentre si preparava a dirle la sua idea. "Non così tanto".

Marina scosse la testa. "Ci vai anche tu?"".

Jack annuì, cercando di controllare le proprie emozioni. "Visto che non abbiamo più molto tempo, ho qualcosa da dirti prima di andarmene". Mentre parlava, le passò il dito lungo la mano. "Ho imparato a volerti bene più di quanto avessi mai pensato. Summer Beach era diventata il mio inaspettato piccolo paradiso terrestre. Qui ho trovato un nuovo lavoro con Ginger, un cane pazzo e una spiaggia bellissima. Poi mi sono innamorato di te, e Leo è entrato nella mia vita. Avevo tutto quello che avrei potuto desiderare, proprio qui".

"E poi Vanessa si porta via l'elemento più importante".

Accigliata, Marina intrecciò le dita con le sue.

"Ho bisogno di stare con Leo. Mi sono perso così tanto della sua vita. Ora posso lavorare quasi ovunque, e tornerei anche a incontrare Ginger abbastanza spesso. Quando sono qui, lo sarei anche per te". Si schiarì la gola. "Se pensi che possa funzionare".

Marina strinse le labbra in segno di riflessione. "Non lo so…".

Jack infilò saldamente la mano nella sua e se la portò alle labbra. "Sei nel mio cuore, Marina. Sono stato uno sciocco a non prenderci abbastanza sul serio". E un po' spaventato, ammise a se stesso. "Non farò più questo errore".

Gli strinse la mano. "Dove passerai la maggior parte del tempo?".

"Rimarrò in Europa mentre Leo è a scuola per continuare ad essere d'aiuto, come ho fatto finora". Jack esitò, calcolando il tempo. "Vorrei passare con lui anche parte delle vacanze estive. Ma se Vanessa e Noah faranno un viaggio con Leo, allora sarò libero. Potrei tornare qui, forse una volta a trimestre per una o due settimane, a seconda degli impegni di Leo". Anche mentre lo diceva, sentiva le sue speranze affievolirsi.

La delusione crebbe negli occhi di Marina. "Non è molto".

"Potrei venire più spesso. Solo che al momento, non lo so".

Marina allontanò la mano e strinse la tazza come se fosse un qualcosa a cui aggrapparsi. Fece un respiro. "Come hai detto tu, hai bisogno di stare con Leo". Mentre finì la bevanda, lui notò che la mano le tremava, e suoi occhi si dirigevano verso l'uscita come se stesse cercando una via di fuga.

Il panico lo colse. La stava perdendo. Sporgendosi in

avanti, disse: "Marina, io ti amo. Ti amo dal primo momento in cui ti ho vista zoppicare nella locanda".

"Non ricordarmelo". Stringendo gli occhi, scosse la testa e allontanò la tazza. "Jack, non posso permetterti di farmi questo. Stai facendo a pezzi il mio cuore e non so più cosa pensare". Cominciò ad alzarsi.

Disperato, Jack le strinse il braccio. "Ti prego, non andare. Abbiamo ancora il Natale. Non andrò fino a dopo Capodanno".

"Questa sarà la mia prima vacanza con tutta la mia famiglia: i miei figli, le mie sorelle e i loro figli, e Ginger. Non vedevo l'ora di passare dei momenti così felici". Soffocò un singhiozzo. "Non posso lasciarmi abbattere da te, Jack. Devi lasciarmi andare".

Jack lasciò scivolare la sua mano. L'aveva persa. E probabilmente, in favore di Cole. Un dolore lancinante gli attanagliò il petto. Tuttavia, doveva giocarsi un'ultima carta. "Non puoi negare di provare qualcosa per me e per Leo. Non possiamo provare a far funzionare le cose?".

"Ci abbiamo già provato, e non osare usare Leo in questo modo". Marina prese la sua borsa. "Ti auguro un buon Natale, Jack".

Mentre Jack la guardava andare via, sentì il suo mondo implodere come nella scena di un film al rallentatore. Lei era la speranza di un futuro al quale aveva aggrappato la sua sanità mentale per tutta l'estate. La visione di una casa con lei e Leo si dissolse nella sua mente.

Jack strinse la mascella. Non appena lo spettacolo si fosse concluso, sarebbe partito. Senza Marina, non aveva motivo di rimanere a Summer Beach.

Fece segno al cameriere di voler pagare il conto. Mentre aspettava, sorseggiò la sua bevanda. Non poteva evitare i suoi pensieri, in quel momento.

Al centro di ogni decisione c'era Leo, troppo giovane per decidere da solo. Cosa era meglio per lui?

L'amore di due genitori devoti, naturalmente. Vanessa aveva preso la sua decisione e ora lui doveva affrontare le conseguenze. In tutta onestà, se ne era assunta la responsabilità per molto tempo, anche se quella decisione era stata presa da lei stessa. Lui non aveva avuto modo di scegliere.

Quando il cameriere portò il conto, Jack lo pagò e se ne andò. Optando per il tranquillo sentiero della spiaggia per tornare a casa, fissò il mare infinito, considerando il costante flusso e riflusso delle onde, proprio come i picchi e le vicissitudini della vita.

Un sentimento di disperazione lo invase, e avrebbe voluto trovare un'altra strada.

16

"Serata inaugurale, al via", esclamò Kai.

Marina si stava ritoccando il trucco nel backstage. Aveva trovato la tonalità perfetta di rossetto rosso da abbinare a un vivace abito dello stesso colore stampato con delle palme. Una sciarpa verde acceso le teneva il collo al caldo. Intorno a lei, i membri del cast si contendevano lo spazio davanti agli specchi, ma il morale era alto. Dopo aver affrontato Jack, era esattamente ciò di cui aveva bisogno. Sicuramente quella sera sarebbe riuscita a evitarlo.

Accanto a lei, Shelly canticchiò: "Woo-hoo! Andiamo".

Anche Darla, solitamente scontrosa, si unì all'esultanza, sfoggiando un sorriso impreziosito da un rossetto rosso ciliegia.

Kai e Axe avevano invitato parenti e amici per la serata inaugurale al Seashell. Avevano anche distribuito alla scuola dei biglietti omaggio per far partecipare insegnanti e studenti. La prima sarebbe stata un evento informale e senza stress per alleviare la tensione.

La settimana successiva ci sarebbe stata l'inaugurazione ufficiale del Seashell e il debutto dello spettacolo natalizio. Mentre Marina infilava un tubetto di rossetto nella borsa, pensò a Leo. Sua madre non gli aveva ancora detto del cambio di programma per le feste. Da un lato, Marina capiva che Vanessa desiderava che si godesse lo spettacolo il più a lungo possibile, ma dall'altro, stava prendendo una decisione che gli avrebbe cambiato la vita all'improvviso.

Non erano affari di Marina, ma non poteva fare a meno di provare pena per Leo. Soprattutto perché era contento di prendere parte allo spettacolo. Aveva trovato il suo posto e si era fatto molti amici.

Marina uscì dal camerino insieme ad altre persone che non vedevano l'ora di iniziare. Mentre si dirigeva verso le quinte, Ginger le fece un segnale.

"Ho dimenticato il rossetto a casa, cara. Quello che indosso sembra scomparire così in fretta. Posso usare il tuo per ritoccarlo?".

"Vieni con me", disse Marina. "Te lo applicherò con un pennello come facevo sul set. Così durerà più a lungo sotto le luci del palcoscenico".

"Basta che siano luci calde", disse Ginger, sfregandosi le mani. Quel pomeriggio era arrivata una brezza fredda dall'oceano.

Andando contro il flusso dei membri del cast che uscivano dai camerini, Marina si infilò tra la folla e si diresse verso la zona del trucco, ormai deserta. "Siediti", disse con un gesto plateale. "È arrivata la tua truccatrice".

Marina si era truccata da sola per anni, quando andava in onda per i telegiornali, quindi aveva imparato ad applicare un fondotinta che non creasse un effetto lucido, un trucco per gli occhi che risultasse morbido alle telecamere e un rossetto che durasse per interi programmi televisivi o interviste.

"Mi sento così coccolata", disse Ginger, inclinando il viso verso la nipote.

A Marina era sempre piaciuto aiutare sua nonna. Mentre struccava il vecchio rossetto dal viso, notò che le rughe intorno alle labbra di Ginger erano diventate un po' più pronunciate.

Tuttavia, nulla che non potesse attenuare con il suo speciale arsenale di prodotti.

Mentre preparava la zona delle labbra per evitare che il rossetto colasse, pensò a Ginger, che le era sempre sembrata senza età. Ginger era stata nel fiore degli anni per decenni e lo era ancora.

Tuttavia, Marina doveva essere realista. Non sapeva per quanto tempo ancora Ginger sarebbe rimasta in vita, ma poteva decidere di rendere ogni giorno speciale per la nonna. Un giorno non avrebbe più potuto avere una seconda occasione per dirle quanto le voleva bene. Quindi lo avrebbe fatto in quel momento, e ogni giorno.

Marina fece un passo indietro per valutare l'insieme. "Beh, eccoti qua, splendore. Ora mettiamo un po' di colore". Mettendo mano alla borsa, tirò fuori il pennello per il rossetto, l'eyeliner e un rossetto rosso intenso.

Ginger tossì nella mano. "Solo un momento", disse, tossendo di nuovo. "Ho la gola un po' irritata. Non è che per caso hai delle pastiglie in quella borsa?".

"Te ne troverò'". Anche se doveva mandare qualcuno a prenderle. A Marina non piaceva il suono di quella tosse.

Ginger si schiarì la gola. "Ora sono pronta. Nel frattempo, voglio sapere gli ultimi sviluppi con Jack".

"Perché pensi che io sappia qualcosa su di lui?". Marina cercò di tenere la mano ferma mentre delineava la linea delle labbra di Ginger, ancora ben marcata.

Quando Marina finì, Ginger disse: "Il modo in cui siete entrambi in agitazione, stasera? Una semplice deduzione, mia cara. Le feste possono essere un periodo stressante, ma sospetto che ci sia qualcosa di più".

"In realtà, ha a che fare con Vanessa e Leo". Marina le raccontò le intenzioni di Vanessa mentre puliva il pennello.

"Capisco", disse Ginger pensierosa. "E che ruolo ha Cole in questa equazione?".

Marina si guardò alle spalle. Erano ancora sole. "È un brav'uomo", disse con cautela.

"Non è quello che ho chiesto. Lascia che te lo chiarisca". Continuò, mentre Marina tamponava il pennello sul rossetto. "Da quello che mi hai detto, hai un amico che vuole essere un amante e un amante che vuole essere un amico". Ginger batté le dita. "Questo riassume tutto?".

"Abbastanza bene, temo", disse Marina.

"Sei sicura di avere detto tutto?".

Marina sospirò. Esitava a raccontare a Ginger della professione d'amore che Jack le aveva fatto da *Spirits & Vine*. Era semplicemente troppo dolorosa per ripeterla.

Ginger osservava attentamente Marina lavorare. Sua nonna era sempre stata in grado di capire quando qualcosa la preoccupava.

"Non importa cosa vogliono gli altri", disse Ginger quando Marina fece una pausa. "Quello che manca nell'equazione è ciò che desideri tu. Sei tu che comandi, mia cara. Scegli: uno o nessuno. Aspetta un altro giro di giostra. Nel frattempo, puoi essere perfettamente felice da sola. Per sempre, se vuoi".

"Non mi interessa cosa fa Jack nella sua vita", disse Marina, decisa a convincersi. "Inoltre, la distanza sarebbe troppo grande".

Ginger si strinse le labbra nello specchio. "Bertrand viaggiava spesso per affari governativi e, poi, anche io. Questo rendeva il tempo che passavamo insieme ancora più speciale. Direi addirittura spettacolare". Un piccolo sorriso si affacciò sulla bocca di Ginger, mentre i suoi occhi si illuminavano di ricordi felici.

"Non so come potrebbe funzionare".

"Potresti andare a trovare Jack quando al locale c'è poca gente, nei mesi invernali", disse Ginger. "La Svizzera è così bella in quel periodo. Che grande avventura potresti vivere. Se è questo ciò che vuoi".

Marina aveva agito con decisione la sera prima con Jack, ma forse aveva fatto tutto troppo in fretta? Non aveva nemmeno preso in considerazione la possibilità sollevata da Ginger.

Mentre il pensiero di aver mancato un'ipotetica alternativa la attanagliava, spennellò il rossetto sulle labbra di Ginger, lo tamponò, lo incipriò e aggiunse un tocco di lucentezza. Facendo un passo indietro per ammirare il suo lavoro, Marina disse: "Ecco. Durerà tutta la serata. E avrò delle pastiglie per la gola o qualcos'altro per te alla fine del primo atto".

Ginger si alzò e l'abbracciò con cura per non rovinare i capelli e il trucco. "Sono felice che abbiamo fatto questa chiacchierata. Non ti pentirai mai di aver fatto ciò che dice il tuo cuore, te lo garantisco".

"Grazie per avermelo ricordato". Marina abbracciò la nonna. "Ti voglio tanto bene, Ginger. Sei sempre stata la mia roccia".

"Anch'io ti voglio bene, Marina". Ginger la guardò con occhi pieni d'orgoglio. "E ricorda, quando la strada sarà giusta, lo saprai".

Mentre si dirigeva da Kai e Axe per il discorso di incoraggiamento, prima di iniziare, Marina vide un'assistente di scena che aveva sentito dire essere un'operatrice sanitaria, durante il giorno. Le spiegò il disturbo di Ginger.

"Non ho niente con me", disse la donna. "Ma dovrebbe fare dei gargarismi con acqua salata o bere del tè al miele e zenzero".

"Abbiamo tutto, dietro le quinte", disse Marina. Brooke aveva portato bevande e snack per il cast e la troupe. Avrebbe preparato qualcosa per Ginger. "Dimmi, sei nuova a Summer Beach, per caso?".

La donna annuì. "Mi chiamo Bettina. Io e mio marito ci

siamo appena trasferiti qui. Siamo stati in vacanza a Summer Beach e ce ne siamo innamorati".

Marina sorrise. "Anch'io sono abbastanza nuova. Possiamo parlare alla festa dopo lo spettacolo, ma è meglio se ci uniamo al resto del cast ora".

Si affrettarono verso il gruppo riunito nel backstage.

"Venite qui", disse Kai a tutti. "Questa è proprio come la prova generale, solo che tra il pubblico ci sono alcune persone in più che conosciamo".

"Molte di più", disse qualcuno, e altri risero.

Marina fece un pollice in su alla sorella. Quella serata era il culmine del suo sogno di scrivere e dirigere. E dirigere Carol Reston, che le aveva insegnato molto, era più di quanto avesse mai immaginato.

Gli occhi di Kai brillavano per l'emozione, mentre passava la parola a Carol.

"Stasera, andiamo là fuori e divertiamoci a intrattenere tutti", disse Carol, in piedi in costume accanto a Kai. "Ricordate che questo pubblico vi ama e vuole sostenervi".

"Sono nervosa perché tutti i nostri amici sono là fuori", disse una donna, mordicchiandosi un'unghia. "E se faccio un pasticcio?".

Darla aggrottò le sopracciglia e aggiunse: "Spero di non rendermi ridicola".

"Come ha detto Carol, rilassatevi e divertitevi", disse Kai. "Essere nervosi durante la prima serata è normale, ma siete stati tutti meravigliosi durante le prove. Sappiate che potete farcela e metteteci il cuore".

"Buona fortuna a tutti", disse Darla.

"No!" Kai esclamò, alzando i palmi delle mani. "Non fatelo mai, porta sfortuna agli attori".

"È solo una superstizione", disse rapidamente Axe. Poi, incitando tutti, aggiunse: "Stasera rompiamoci tutti una gamba".

Marina rise di quella conversazione. Tuttavia, si sentiva un po' nervosa, anche se non era sicura del perché. Era contenta di essere una comparsa e di non avere i riflettori puntati addosso.

Si guardò intorno. Sembravano tutti pronti. Ginger era in piedi tra le quinte, in attesa di entrare in scena e aprire lo spettacolo.

Marina lanciò un'occhiata a Jack. Come sempre, sembrava sicuro di sé, anche se aveva un'espressione seria, come se stesse già entrando nel personaggio. Tuttavia, teneva una mano sulla spalla di Leo, rassicurandolo.

Le tornarono in mente le parole di Ginger. Di cosa si sarebbe pentita di più: di essersi allontanata da Jack o da Cole?

O di non scegliere nessuno dei due?

Scosse le mani per liberarsi dalla tensione. Non era il momento di pensare a decisioni importanti per la sua vita. *Vivi il momento,* si disse.

Chiudendo gli occhi, ascoltò un musicista che accordava dolcemente uno strumento e le chiacchiere del pubblico. Sentiva il fresco profumo salmastro della frizzante brezza dell'oceano insieme ad un sentore di sidro di mele che Brooke stava servendo. Sua sorella aveva gestito tutte le prenotazioni e la distribuzione dei cestini da picnic.

Sentendosi più sicura, Marina aprì gli occhi. Jack si voltò rapidamente dall'altra parte. La stava guardando?

Non poteva stare lì a pensarci. Piuttosto, rivolse la sua attenzione agli altri attori che si affrettavano a raggiungere i loro posti. Il direttore d'orchestra sollevò la bacchetta, la musica iniziò e venne dato il via allo spettacolo.

Tutto sembrava andare per il meglio, e Marina tirò un sospiro di sollievo per Kai.

Un po' troppo presto, a quanto pare.

Nella prima scena, Jack si dimenticò una battuta, anche se Axe era riuscito a intervenire. Poco dopo, Leo quasi cadde dal letto. Jack riuscì ad afferrarlo, ma Leo balbettò la battuta successiva. Il cuore di Marina era rivolto a loro.

"Nessuno se n'è accorto", sussurrò Marina a Kai, che sembrava preoccupata. Tuttavia, anche Kai aveva commesso un errore nella sua prima canzone.

Kai fece una smorfia. "Questo è quello che succede quando qualcuno ci augura tu-sai-cosa".

"Non dirmi che ci credi davvero". Marina sapeva che sua sorella sarebbe stata più dura con se stessa che con chiunque altro. Era una professionista, dopo tutto. Ma, come le aveva detto una volta, anche i professionisti commettono errori.

La capiva benissimo, ripensando al disastro in onda che aveva messo fine alla sua carriera. Il pubblico avrebbe dimenticato in fretta quell'errore, a meno che, ovviamente, non fosse diventato un meme internazionale condiviso milioni di volte sui social media.

Come un fulmine, che non cade quasi mai due volte nello stesso punto, raramente tutto ciò sarebbe potuto accadere di nuovo. Sollevando il mento, Marina si diresse verso la sua postazione d'ingresso, pronta ad andare avanti dopo che Jack, Leo e Leilani avevano finito la loro scena.

Proprio in quel momento, mentre usciva dal palcoscenico, Leilani inciampò e cadde, precipitando di testa sulle quinte. Jack si precipitò ad aiutarla a rialzarsi, ma Leilani crollò non appena cercò di poggiare il peso sul piede. Con veemenza, scosse la testa.

"Non ce la faccio", sussurrò, con le lacrime che le salivano agli occhi.

Kai e l'attrezzista con cui Marina aveva parlato prima si inginocchiarono accanto a lei.

"Sono un'infermiera", disse Bettina con dolcezza. "Mi prenderò cura di lei e le darò l'aiuto di cui ha bisogno". Cominciò a ispezionare la caviglia di Leilani.

"Grazie", sussurrò Kai. Voltandosi verso Marina, alzò la mano. "Aspetta un attimo".

Marina fece un passo indietro dal palco. "Ma io sono in questa scena".

"Potrei avere bisogno di te", disse Kai, mordendosi il labbro.

Con una smorfia di dolore, Leilani cercò di fare pressione sul piede, ma non ci riuscì. Guardò Kai con gli occhi pieni di tristezza e scosse la testa. "Credo di essermi slogata o rotta la caviglia. Mi dispiace tanto".

Bettina guardò Kai e annuì. "Non c'è modo che possa continuare lo spettacolo stasera. Devo metterle subito del ghiaccio".

"Va tutto bene", disse Kai, con voce piena di compassione. "Sono cose che capitano". Rapidamente, passò alla modalità d'azione, controllando il copione annotato sulla sua cartellina. "Marina, ho bisogno che tu ti metta nei panni della signora Cratchit".

"Ma non conosco quella parte", disse Marina, scioccata dalla proposta. E tra tutti i ruoli, quello della moglie di Jack era l'ultimo che avrebbe voluto.

Tenendosi in equilibrio su un piede e appoggiandosi a Bettina, Leilani le rivolse un appello. "Puoi farcela. Jack ti aiuterà".

Sentendosi fortemente a disagio per l'idea, Jack distolse rapidamente lo sguardo.

Con il battito accelerato, Marina voltò le spalle a Jack. "Kai, per favore... non c'è qualcun altro?".

La sorella scosse la testa. "C'è una scena importante subito prima di quella. Nessuno avrà il tempo di cambiarsi il costume prima della scena successiva con la signora Cratchit. L'hai vista una dozzina di volte durante le prove. Forza, Marina. Tutti hanno bisogno che tu ti faccia avanti".

17

*L*a testa di Marina pulsava al pensiero di recitare al fianco di Jack, e le girava anche un po' per la rapidità con cui tutto stava accadendo. Ma Kai e il resto del cast avevano bisogno di lei.

Facendo un respiro profondo, Marina si rivolse a Jack. "Ok, mostrami cosa devo fare".

Per un attimo Jack sembrò scioccato quanto lei, ma poi annuì e scattò in azione. "Abbiamo tempo mentre i fantasmi del Natale chiariscono le idee a Scrooge".

"E io sono la prossima", disse Kai. "Jack, per favore, ripeti le battute con Marina. E facciamo in modo che il marito di Leilani la aiuti a raggiungere un camerino. Eccolo che arriva".

Roy Miyake si precipitò da Leilani. Mentre aiutava sua moglie, Kai si rivolse a Marina. "Grazie", sussurrò, abbracciandola. "Devo andare".

Mentre Kai si calava nel personaggio e saliva sul palco, intrattenendo la folla, Marina si rese conto della responsabilità che la sorella si era assunta. Nonostante i sentimenti che provava verso Jack, non l'avrebbe delusa.

"Vado a prendere Leo", disse Jack. "C'è anche lui in quella scena".

Si affrettarono a raggiungere il piccolo camerino dove Marina aveva aiutato Ginger a truccarsi. Con la voce di Kai che risuonava sul palco, Jack tirò fuori dalla borsa il suo copione.

Sporgendosi verso di lei, le mostrò la parte della signora Cratchit, e Marina la passò rapidamente in rassegna.

"È una cosa fichissima", disse Leo, sorridendo. "Sarai la mia mamma di scena. Questo significa che sarai sposata con mio padre, nello spettacolo".

Jack si spostò scompostamente su uno sgabello. "Non avrei mai pensato".

"Nemmeno io", disse Marina, sentendo le guance infiammarsi. "Facciamo questa cosa e basta".

"Ok". Jack batté sul copione. "Per prima cosa, quando tornerò a casa, mi abbraccerai".

Sospirò. "Mi ricordo quella parte". Tese le braccia e gli diede un abbraccio rigido.

Jack si allontanò. "Dovremo fare meglio di così".

"Lo farò… lo faremo", balbettò lei. "Cosa c'è dopo?"

"Controlli quel piccolo tacchino che c'è nel forno".

"Bene". Fece i movimenti. "La battuta successiva?"

Proprio in quel momento, la sua amica Ivy batté sullo stipite della porta. Teneva tra le braccia il vestito a pois rossi. "Mi dispiace interrompere, ma questo è il costume di Leilani per quella scena. Ti ha suggerito di cambiarti mentre fai le prove".

"Qui, però, c'è un limite", disse Marina, lanciando un'occhiata a Jack.

Lui consegnò il copione a Ivy e mise un braccio attorno a Leo. "Continua a leggere le battute mentre Marina si cambia. Staremo comunque qui, fuori dalla porta. Deve memorizzare tutto in fretta".

Quando Ivy chiuse la porta, Marina si stava già togliendo le scarpe. "Sembra che io e Leilani portiamo quasi la stessa taglia". Tuttavia, Leilani era più snella, proprio come lo era stata Ginger quando aveva indossato quel vestito. Marina sperava di riuscire a chiudere la zip.

Mentre si cambiava, Ivy le lesse il copione.

"Puoi aiutarmi con questa cerniera?", chiese Marina, voltandosi.

"Fai un respiro profondo", rispose Ivy, cercando di farla scorrere. Dopo averci provato, si passò una mano sulla fronte. "Non riesco a chiuderla sopra il punto vita".

"Dobbiamo riuscirci". Marina notò una larga cintura appesa allo schienale di una sedia. Era di una comparsa che aveva deciso di non indossarla. Probabilmente di Darla, se ricordava bene, che aveva un girovita più simile al suo. Marina estrasse dalla borsa un paio di forbici. "Taglia le cuciture laterali sulla vita. Posso coprirle con una cintura e un mantello".

Ivy sorrise, sollevata. "Aspetta un attimo". Dopo aver tagliato i fili delle cuciture sulla vita, chiuse l'abito con la zip e avvolse la cintura intorno a sé. In piedi, sorrise. "Wow, ha funzionato. Stai benissimo".

"Saresti sorpresa di sapere cosa ho fatto per riuscire a stare negli abiti, durante i momenti di difficoltà, quando ero in onda", disse Marina, abbracciandola. "Grazie al cielo, sei qui".

Ivy sorrise. "Puoi farcela. E dopo lo spettacolo ti aspetta uno dei cocktail *Sea Breeze* di Shelly".

"Ne avrò bisogno. Ora è meglio che riporti qui Jack". Marina fece un sorriso ironico. Si era confidata con Ivy, la vecchia amica dell'adolescenza. "Non avrei mai pensato di dirlo".

"Avremo una bella storia da raccontarci, dopo", disse Ivy, consolandola. "Per la cronaca, penso che tu sia piuttosto coraggiosa, soprattutto considerando le circostanze". Aprì la porta.

Marina lavorò alla scena con Jack e Leo ancora per un po', prima che la direttrice di scena battesse alla porta. "Tra poco tocca a voi. Andiamo".

Jack piegò il copione e lo mise via. "Sono qui per te. Non preoccuparti. Non c'è nulla che tu possa fare lassù da cui io non possa tirarti fuori, in un modo o nell'altro". Le tese la mano.

"Puoi crederci", disse Leo. "Nell'ultima scena stavo per cadere dal letto, ma papà mi ha preso". Guardò Jack con ammirazione negli occhi. "E ci sarò anch'io ad aiutarti".

"Questo mi fa sentire meglio". Marina abbracciò Leo. Anche se Jack poteva essere stato un fidanzato negligente, come papà doveva dargli credito. Voleva davvero bene a Leo. Prese la mano del ragazzo.

"Andiamo". Marina fece una risata strozzata e fece scivolare l'altra mano in quella di Jack. La sua presa era calda e sicura, e lei doveva fidarsi di lui.

I tre si avviarono verso il palco.

"In bocca al lupo", sussurrò Kai. "Ti suggerirò le battute, se ne avrai bisogno".

Marina annuì. Almeno, era abituata dalla sua esperienza in onda. Tuttavia, era passato molto tempo dalla sua ultima disastrosa apparizione. Avrebbe voluto avere un auricolare.

Mentre gli attrezzisti eseguivano un cambio di scena, Jack condusse Marina sul palco. "Fidati di me", sussurrò.

Mentre i suoi nervi ballavano il cha-cha-cha, Marina guardò con calma il pubblico. Molte persone si erano vestite in abiti da festa per la serata inaugurale. Fece un bel respiro; doveva farlo, anche se la presenza di Jack continuava a trasmettere segnali forti alla sua psiche sovraccarica.

La scena si aprì con lei e i bambini, poi Jack fece il suo ingresso. Lui e Marina si abbracciarono. Tra le sue braccia, il cuore di lei batteva forte e si sentiva stordita. Si sforzò di mantenere la calma, anche se sentiva che le stava sfuggendo.

Vedeva le persone in prima fila fare il suo nome e indicarla, ma per merito di Jack, quella scena si svolse senza problemi. Tuttavia, la sua presenza la spiazzava. Nel backstage, con gli altri intorno, era una cosa, ma lì sul palco, con i riflettori puntati su di lei, non riusciva a staccare gli occhi dai suoi.

Allontanandosi da lui, Marina si diresse verso il forno di compensato dipinto e prese un tacchino di cartapesta, facendolo oscillare.

Tuttavia, mentre posava il piatto sul tavolo, non riusciva a ricordare la battuta successiva, il che la fece infuriare. Aveva imparato a gestire professionalmente una trasmissione in diretta, ma quella volta non si trattava di un notiziario scritto o di un'intervista programmata, e in quel caso, Jack non era lì sul set a renderla nervosa.

Non poteva bloccarsi. Eppure, lo fece.

Nel dubbio, dire qualcosa di plausibile. Marina sbottò: "Hai invitato Scrooge a cena?".

"Scrooge?" Jack, nel ruolo di Bob Cratchit, si rivolse a lei con un sorriso. "Solo la mia adorabile moglie avrebbe avuto il coraggio di invitare il signor Scrooge per la nostra cena natalizia".

Marina non riusciva ancora a ricordare la battuta successiva. Kai stava bofonchiando qualcosa, ma nel bagliore delle luci Marina non riusciva a capire. Peggio ancora, le si stava stringendo la gola. Si affrettò a girare intorno al tavolo, sentendo le guance in fiamme.

"Sarebbe bello se il signor Scrooge potesse venire", disse Leo, con la sua voce dolce e chiara, a sostegno di Marina. "Anche se ad alcuni bambini non piace".

Marina vide Kai sfogliare, confusa, le pagine della sua cartellina. Era chiaro che ora erano molto lontani dal copione.

Marina doveva dire di nuovo qualcosa. *Qualunque cosa.* "Perché la gente non vuole bene al signor Scrooge, caro?".

Jack la fissò per un attimo.

Ora aveva mandato all'aria l'intera scena. Si era irrimediabilmente persa.

Improvvisamente, Jack si girò per affrontare il pubblico. "Volete sapere davvero perché? Ve lo dico io, il perché".

Ammiccando in modo esagerato, Jack prese un paio di cucchiai dal tavolo e iniziò a sbatterli insieme al suono di una musica d'altri tempi, mentre rappava a ritmo.

> "Un, due, un, due, tre, quattro...
> è odioso,
> parsimonioso,
> quel vecchio che ha rubato male
> la nostra festa di Natale... ehi, ehi!".

Mentre Jack si esibiva in quell'assolo improvvisato di cucchiai, il direttore d'orchestra e i musicisti seguirono il ritmo. Marina dovette ridere delle sue sciocche rime e dei suoi riferimenti al Dr. Seuss e alla vecchia serie televisiva *Seinfeld*. Fortunatamente, il pubblico si sbellicò dalle risate e applaudì Jack.

Sfruttando quell'energia, Jack si mise a rappare un'altra strofa in stile *Hamilton* di Lin-Manuel Miranda mentre ballava intorno al tavolo. I bambini si sistemarono dietro di lui – Leo, Samantha, Logan e i ragazzi di Brooke – e girarono intorno al tavolo in un trenino come in una scena di *Beetlejuice* con Catherine O'Hara e Michael Keaton.

Il pubblico applaudì insieme a loro. Immediatamente i nervi di Marina si sciolsero e iniziò a divertirsi. E poi, tutto d'un tratto, le tornarono in mente le battute che aveva dimenticato, anche se non erano più rilevanti.

Scorgendo Kai, Marina vide la sorella gettare via la cartellina e alzare le mani come se si fosse arresa.

Mentre Jack continuava il suo rap natalizio, Marina si meravigliava di lui. Aveva certamente un modo particolare di usare le parole, molte e tutte diverse. Joseph Pulitzer molto probabilmente si stava rivoltando nella tomba, ma Marina pensava che quel vecchio giornalista sarebbe in qualche modo riuscito a trovare una storia da raccontare, in quel fiasco assurdo.

Jack concluse il ballo, dando un ultimo saluto a Scrooge. Continuarono la scena, un po' alterata e improvvisata, ma ci riuscirono.

Quando uscirono dal palco tra gli applausi, Marina strinse di nuovo la mano a Jack e Leo, sentendosi come se avessero trionfato sulle avversità che lei stessa aveva creato.

Sapeva che era stata quella sciocca canzone di Jack a salvarla, anche se probabilmente a sue spese. "Ti sono così grata", sussurrò.

"Funzionerebbe solo nella folle versione di Kai di *Un canto di Natale*", disse Jack, con aria sollevata.

"Grazie al cielo non ci sono dei critici tra il pubblico", disse. Fortunatamente Summer Beach era un piccolo villaggio e Kai era stata astuta a invitare i recensori la settimana seguente, per la prima ufficiale. A meno che qualche periodico importante non avesse mandato qualcuno a vedere Carol Reston, erano al sicuro.

Jack le toccò la schiena mentre si avviavano verso il backstage. "Avremo tempo di fare le prove, prima della serata inaugurale".

Marina gli era grata, ma avrebbe detestato vederlo distruggersi la reputazione professionale in quel modo. Sapeva come ci si sentiva.

Sarebbe stata più preparata per la prossima esibizione. Non avrebbe più commesso errori, si riprometteva.

Nel backstage, Marina e Jack si trovarono faccia a faccia con Kai.

Sua sorella si mise le mani sui fianchi e li fissò. "Che cos'era quella roba?".

18

"*K*ai, ti prego, non essere arrabbiata", disse Marina. "Jack mi stava dando una mano. È stata colpa mia".

Tutto d'un fiato, Kai scoppiò a ridere. "È stato... geniale!" Alzò le mani per dare il cinque a tutti loro. "Questo rimarrà nello spettacolo". Diede un colpetto a Jack sulla spalla. "Dobbiamo lavorare sul testo, però. Voglio dire, *la nostra festa* – davvero? È Natale".

Jack sorrise, chiaramente un po' imbarazzato. "Non so... le sillabe scorrevano meglio con il ritmo, o qualcosa del genere". Alzò le mani. "Non è che abbia avuto più di una frazione di secondo per pensarci, e ieri sera mi sono guardato un po' di repliche di *Seinfeld*".

"Potrebbero chiederti un bis, alla festa di stasera", disse Kai ridendo. "Ci vediamo dopo". Si affrettò a tornare al suo posto.

Diverse comparse, tra cui Cole, si fermarono per congratularsi con loro prima di prendere posto per la scena successiva.

Le luci si erano abbassate e la scena aveva preso il via, con

Carol Reston che cantava una canzone scritta da lei anni prima. Parlava di come diffondere l'amore e la gioia delle feste ogni giorno dell'anno.

"Adoro questa canzone", sussurrò Marina a Jack. Il pubblico stava ascoltando in silenzio, affascinato, mentre Carol cantava con il cuore e con vera emozione. Marina si appoggiò a lui, pensando al significato di quelle parole nella sua vita.

Lui le mise un braccio intorno alle spalle e lei, senza esitare, appoggiò la testa sulla sua spalla, trattenendo le lacrime di felicità. Dondolando al ritmo della musica nell'oscurità, guardarono Carol toccare i cuori di tutti quelli che erano presenti al Seashell. L'effusione d'amore era quasi palpabile.

Marina non sapeva cosa le avrebbe riservato il domani, ma quella sera, in quel momento, tutto era perfetto. Mentre Jack era uscito sul palco per un'altra scena, lei era rimasta indietro, osservando dalle quinte e pensando a quanto amasse la sua vita a Summer Beach.

Anche Jack faceva parte del quadro. Forse se ne sarebbe anche andato, ma almeno lei aveva scoperto di poter provare ancora dei sentimenti profondi per qualcuno. Magari, era stato l'unico motivo per cui le loro strade si erano incrociate.

Nella sua ultima scena, piena di felicità Leo pronunciò la battuta finale nei panni di Tiny Tim, esclamando: "Dio ci benedica, tutti quanti!".

Il pubblico rise, applaudì e si asciugò le lacrime di felicità dagli occhi quando Ginger concluse lo spettacolo con la sua superba narrazione. Nel mentre, Babbo Natale era apparso sul palco, salutando tutti i bambini.

"Ho, ho, ho! Buon Natale!" esclamò.

Marina rise. Kai aveva tenuto segreta l'identità di Babbo Natale fino a quel momento. Era Bennett Dylan, il sindaco di Summer Beach.

Ginger ricambiò il saluto. "E buon Natale a te, Babbo Natale, e a tutti i presenti stasera". Concluse con un bacio al pubblico e un saluto.

Il pubblico – gli amici e le famiglie del cast e della troupe – si alzarono in piedi, applaudendo e acclamando i propri cari.

Nel backstage, Jack prese la mano di Marina. "Facciamo un inchino, signora Cratchit".

Ridendo, Marina corse sul palco con lui e si inchinò. Poi, voltandosi verso le quinte, fece cenno a Leilani.

Con il marito Roy e Cole ad aiutarla, Leilani salutò il pubblico, che aveva applaudito il suo spirito e la sua performance.

Alla fine, Carol li raggiunse tutti sul palco. Tenendosi per mano, fecero un inchino di gruppo prima dello scroscio di applausi e incitamenti entusiasti.

Nonostante avesse sfiorato il disastro, Marina non ricordava di essersi mai divertita così tanto. E Jack le teneva ancora la mano. Si guardò intorno per vedere dove potesse essere Cole, ma era scomparso subito dopo la calata del sipario.

Axe li raggiunse, con il sorriso sulle labbra. "Bel modo di suonare quei cucchiai", disse, dando un pugnetto sul braccio a Jack. "Dove l'hai imparato?".

Jack sorrise e si passò una mano tra i capelli. "In un vecchio bar di campagna in Texas. Eravamo ragazzi e non avevamo molto per divertirci. Un paio di vecchietti mi hanno insegnato a suonare i cucchiai, e anche l'armonica e l'asse per lavare".

"Un'asse per lavare?". Axe ridacchiò. "Lo terrò a mente per i prossimi spettacoli. Hai qualche altro talento nascosto?".

Jack lanciò un'occhiata a Marina. "Oltre a quello per tirarsi fuori dai guai?".

Kai abbracciò Marina. "Le cose riescono sempre a funzionare, a volte anche meglio di quanto avevamo previsto. È il genio della creatività".

A quel punto, Ginger si rivolse a loro. "Credo che sia quello che ti ho sempre detto, Kai. Sono felice di sapere che alla fine mi hai ascoltato".

"Io e le mie sorelle abbiamo ascoltato ogni parola di saggezza che ci hai dispensato, anche se siamo un po' lente a metterle in pratica". Kai abbracciò la nonna. "A proposito, sei stata magnifica. Come va la tosse?".

"Bettina si è presa cura di me durante l'intervallo e nel secondo tempo mi sono sentita molto meglio. I vecchi rimedi sono spesso i migliori, purché si affronti il problema in tempo". Ginger sorrise a Marina e Jack. "E voi due siete stati sicuramente un successo per il pubblico. Jack, sei un uomo pieno di sorprese: devi condividere i tuoi talenti più spesso".

"È stato grazie a Marina, stasera", disse lui, stringendole la mano.

"Molto divertente", rispose Marina, ma le piaceva scherzare con lui. Aveva salvato la scena e forse l'intero spettacolo.

Dopo una breve riunione del cast e della troupe, andarono tutti al Coral Café, dove Brooke e Chip avevano allestito un buffet per la serata di inaugurazione. Avevano finito di allestire le decorazioni natalizie che Marina aveva iniziato ad appendere, e l'intero patio brillava di luci fiabesche. Le pigne decoravano i tavoli, e i rami di abete che Marina aveva raccolto in montagna e trasformato in ghirlande erano appesi a dei nastri rossi.

Quando il cast e la troupe iniziarono ad arrivare, l'aria si riempì di un'atmosfera allegra fatta di chiacchiere e risate. Le persone si erano messe in posa per le foto e avevano firmato la locandina del cast stampata da Kai.

Marina conosceva o riconosceva quasi tutti quelli che erano stati presenti alle prove, tranne un uomo alto e magro con gli occhiali dalla montatura nera che se ne stava lì in piedi da solo, scarabocchiando su un piccolo quaderno a spirale. Si diresse verso di lui.

"Salve, sono Marina Moore. Posso portarle qualcosa?".

L'uomo aggrottò le sopracciglia. "Lei lavora qui?".

Passò la mano sul patio. "È il mio locale".

Puntò la penna verso di lei come se la accusasse di un'azione malvagia. "Anche lei ha partecipato allo spettacolo".

"Esatto", disse, irritata dal suo atteggiamento.

"Ha preso il posto dell'altra attrice nella parte della signora Cratchit?".

"Sì, esatto".

"Sicuramente non era la sua sostituta abituale".

"Beh, no, ma…".

"Probabilmente si potrà rimediare". Spinse gli occhiali sul naso e prese nota. "Marina Moore". Fece una pausa e la studiò. "Perché il suo nome mi suona familiare?".

"Non credo che ci siamo mai incontrati". Marina non osò menzionare il suo lavoro in televisione e sperò che lui non ricordasse il suo sfortunato meme. Proprio mentre si stava innervosendo, Carol Reston la salutò e si affrettò verso di loro con il marito Hal.

"Ma, Rexford, caro", disse Carol, salutando l'uomo. "Non sapevo che fossi tra il pubblico".

"Faccio solo il mio lavoro, Carol".

Hal gli strinse la mano. "È sempre un piacere vederti, amico. Vedo che hai conosciuto Marina, che ha fatto egregiamente la sostituta questa sera, con poco preavviso, dopo un incidente. Rexford è un critico teatrale di Los Angeles".

Mentre la sua bocca si asciugava, Marina riuscì a dire: "Piacere di conoscerla".

Non era giusto. Kai aveva invitato i critici alla prima ufficiale della settimana seguente. Quella sera doveva essere una rappresentazione informale e, a parte i professionisti come Carol e Kai, la maggior parte degli attori era nervosa. Marina poteva solo immaginare cosa avrebbe potuto scrivere Rexford. Lui la stava fissando, così lei aggiunse: "Il nuovo Seashell è una bell'aggiunta per Summer Beach".

Rexford storse la bocca da un lato. "È la prima volta che

vengo qui". Studiando il volto di lei, schioccò le dita. "Aspetti, lei non era la conduttrice di San Fran...".

"Oh, scusi", lo interruppe rapidamente Marina. "Mi chiamano in cucina. Mi scusi".

Mentre si allontanava, afferrò la mano di Kai e la trascinò in cucina con sé. "Quell'uomo là fuori con il vestito scuro e gli occhiali è un critico", disse.

Kai rimase a bocca aperta. "Ha visto lo spettacolo?".

"E ha preso appunti".

Sbirciando fuori, Kai lo notò e sgranò gli occhi. "Di tutti quelli che potevano venire in anticipo...! Quello è Rexford Rutherford, un tipo spocchioso come pochi. Ho sentito dire che Rexford e Carol si sono fatti la guerra per anni".

Marina fece cenno ad Axe di raggiungerli. "Mi chiedo chi l'abbia fatto entrare".

"Non eravamo lì a controllare i documenti alla porta", disse Kai. "Questa era la serata per amici e famiglie".

Axe entrò in cucina. Guardando la sua espressione accigliata, disse: "Cosa c'è che non va?".

"Stasera c'era un critico tra il pubblico", disse Kai. "Uno dei più severi". Mentre Kai raccontava tutto ad Axe, Marina si scusò per andare ad accogliere altre persone.

Ormai era troppo tardi, pensò. Per fortuna Carol e Hal stavano ancora parlando con Rexford. Se c'era qualcuno che poteva influenzarlo per ottenere una recensione positiva, quelli erano proprio Carol e Hal. Ma anche alle superstar capitava di riceverne di negative. Marina doveva togliersi il pensiero dalla testa quella sera stessa.

Leo irruppe nel patio, trascinando sua madre per mano. "Mamma mi fa restare sveglio per la festa", disse, ancora emozionato per lo spettacolo.

Vanessa sorrise. "È passata l'ora di andare a letto, ma è solo per questa volta, visto che ci sono i suoi amici".

"Sono contenta che tu sia venuta", disse Marina. Aveva

conosciuto Vanessa attraverso Leo, e ammirava la sua forza e determinazione.

I capelli scuri di Vanessa erano tagliati corti e ricci, e facevano sembrare i suoi begli occhi scuri ancora più grandi. Marina era molto contenta che le conoscenze di Ginger si fossero rivelate fruttuose, permettendo a Vanessa di ricevere un trattamento sperimentale, anche se quest'ultima non era ancora consapevole di quel nesso.

"Samantha, Logan!" Leo chiamò e corse verso i suoi amici, anche loro con i rispettivi genitori.

Marina rise. "Leo mi ha davvero aiutato a superare quel momento imbarazzante sul palco, stasera. Ha così tanto talento".

"Non avevo idea che gli piacesse così tanto esibirsi", disse Vanessa. "Forse ha preso da suo padre, in questo senso".

Marina guardò il ragazzo. "So che Leo non lo sa ancora, ma Jack mi ha parlato dei vostri progetti. Sono così felice che tu abbia trovato una persona speciale".

Vanessa spalancò la bocca per la sorpresa. "Non mi sarei mai aspettata che un uomo così meraviglioso entrasse nella mia vita, ma Noah è tutto ciò che avrei potuto desiderare. Spero che questo non complichi il rapporto di Leo con suo padre".

"Avere Jack a Zurigo aiuterà Leo ad adattarsi", disse Marina. Anche se non lo disse, pensava a quanto Jack si fosse rivelato un buon padre, anche se – a suo dire – era ancora in fase di addestramento.

"Jack ha intenzione di trasferirsi lì?". La fronte di Vanessa si sollevò.

"Per Leo", disse Marina. "Farebbe qualsiasi cosa per suo figlio".

Vanessa sembrò sinceramente sorpresa. "Suppongo che Jack possa trovare lavoro in Europa. È sempre stato molto richiesto". Guardò Leo. "Mio figlio ha imparato ad amare

Summer Beach, ma ho pensato che questa sarebbe stata una nuova avventura per noi".

"Ti meriti una storia d'amore", disse Marina. "Non è una cosa che capita spesso".

"No, appunto". Vanessa sospirò. "Noah è un uomo incredibile". Si illuminò. "Forse un giorno potrai venire a trovarci a Zurigo. Leo è così affezionato a te".

"Come io lo sono a lui". Marina non sapeva cos'altro dire. Tra la decisione di lasciare Jack, il consiglio della nonna e il legame che lei e Jack avevano trovato quella sera, le sue emozioni erano sulle montagne russe. *Un giorno alla volta*, si disse. *Vivi il momento.*

Vanessa toccò la spalla di Marina e abbassò la voce. "Grazie per avermi detto dei piani di Jack". Aggrottò la fronte. "Non avevo capito che tenesse già così tanto a Leo. Il Jack che conoscevo anni fa era molto diverso".

"Gli vuole molto bene", disse Marina. Lo vedeva in tutto ciò che Jack faceva. Aveva messo Leo al primo posto nella sua vita. "Jack ha lasciato New York e cambiato la sua carriera per suo figlio. Era semplicemente in un anno sabbatico, quando l'hai chiamato".

"So che mio figlio è fortunato ad averlo", disse Vanessa pensierosa. "Forse non avrei dovuto aspettare così tanto per farli conoscere".

"Ora conta solo il futuro". Marina esitò. Voleva aggiungere un'osservazione, anche se non era affar suo. C'erano stati momenti nella sua vita in cui avrebbe voluto che qualcuno le avesse dato un'opinione sincera. Aprì la bocca per parlare, ma subito dopo ci ripensò. Vanessa forse non voleva sentirla.

"Volevi dire qualcos'altro?", chiese Vanessa.

Marina si guardò intorno. Nessuno li stava ascoltando, solo Ginger era nelle vicinanze, e ci sarebbe voluto solo un attimo. Trovando il coraggio, continuò. "Una vita davvero meravigliosa e speciale deve attendere te e Leo a Zurigo, per lasciare Summer Beach. È difficile sostituire dei buoni amici come Denise e John, e a Leo mancherà sicuramente Samantha. Summer Beach può offrire un'infanzia idilliaca a vostro figlio, con dei buoni amici e Jack nelle vicinanze. E Leo ha detto che Scout è il primo cane che abbia mai avuto".

Vanessa sorrise. "Leo potrà prenderne un altro in Svizzera".

"Dico solo che dev'essere difficile andarsene. Sono sicura che ci hai pensato bene, altrimenti non agiresti in modo così deciso. Noah deve essere davvero una persona eccezionale". Fece una pausa, riflettendo sulle parole di Ginger. "A volte, ci sono alternative a cui non abbiamo pensato".

Vanessa alzò le sopracciglia. "Con la mia malattia, dovevo agire in modo deciso", disse con un tono di difesa nella voce. "Non potevo rimandare le cose a un domani che forse non sarebbe mai arrivato". Un attimo dopo, però, frenò le sue emozioni. "Non so ancora quanto tempo ho a disposizione – suppongo che nessuno di noi lo sappia – ma forse sono stata troppo precipitosa".

"Io l'ho fatto, una volta", disse Marina con dolcezza, ricordando Grady. "Non è finita bene".

Vanessa guardò verso l'oceano. "Penso che tu sia stata molto brava con Leo. E con Jack. Gli mancherai, e vorrei davvero che tutto questo si risolvesse anche a tuo favore".

Scuotendo la testa, Marina disse: "Sto pensando solo a tuo figlio. So quanto sia stato difficile per me, a San Francisco, crescere i miei figli senza un solido gruppo di persone a sostenermi".

Vanessa annuì pensierosa. "Vorrei che ci fosse un altro modo, ma il lavoro di Noah è a Zurigo, e lui significa molto per me".

"Certo, capisco". Marina aveva fatto quello che poteva.

"Grazie comunque per aver condiviso i tuoi pensieri e la tua preoccupazione per Leo", disse Vanessa, posando la mano sul braccio di Marina. Con un lieve sorriso, si allontanò per parlare con Denise e John.

Marina si sfregò le braccia, avvertendo il freddo della sera. Forse Vanessa non voleva sentire la sua opinione, ma Marina pensava davvero che quel trasferimento sarebbe stato traumatico per Leo. Con la malattia della madre, aveva già attraversato un periodo difficile. Summer Beach era il primo raggio di sole dopo tanto tempo.

Ginger si avvicinò a lei. "Sembrava una cosa seria".

"Non era una conversazione che avrei voluto fare a una festa, ma non posso fare a meno di chiedermi se Vanessa non stia commettendo un errore. Il suo nuovo fidanzato potrebbe essere un uomo meraviglioso, ma l'avevo pensato anch'io di Grady. Prendersi un po' di tempo in più per conoscere qualcuno non può far male".

"Le donne dovrebbero guardarsi le spalle a vicenda", disse Ginger con un cenno del capo. "Se vuoi scusarmi, devo andare dal nostro Babbo Natale, il sindaco Bennett. Devo parlargli e, per tua informazione, Kai sembra pronta a ballare".

Marina sospirò. "Suppongo che dovrei godermi la festa". Guardò la folla che si stava radunando. Per fortuna quel critico teatrale se n'era andato prima che la gente cominciasse a sfogare l'ansia accumulata per quella prima rappresentazione. Per il bene di Kai, sperava che Rexford sarebbe stato gentile, ma comunque sarebbe stata lì a sostenerla.

Come aveva detto Ginger, Kai alzò il volume della musica, e la gente iniziò a ballare. Si stavano divertendo tutti. Al centro c'era Leilani, che schioccava le dita al ritmo e si divertiva, anche con il piede e la caviglia tenuti in alto e ricoperti di ghiaccio.

Marina era contenta che Leilani avesse avuto l'opportunità di esibirsi almeno in una scena, la sera della prima. Nessuno sapeva quanto tempo sarebbe rimasta fuori dai giochi, finché un medico non l'avesse visitata. Dopo Natale, lei e suo marito avrebbero fatto il loro viaggio annuale per andare a trovare la famiglia alle Hawaii per i mesi invernali, un luogo perfetto per guarire dall'infortunio, se si fosse rivelato più grave.

Almeno adesso si stava divertendo, pensò Marina. *Vivi il momento.*

"Ehi tu", disse Kai, avvicinandosi a lei e battendo le mani. "Dai, festeggiamo. Con quel muso lungo, devi venire subito a ballare con noi".

Marina rise. "Certo che sì".

Marina non ricordava di aver mai ballato così tanto. Kai continuava a mettere su la musica, ma Marina dovette fare una pausa. Non era più infreddolita, si accomodò su una sedia e si sventolò il viso.

"Ti muovi bene". Cole le porse un cocktail dal colore rosato. "Ivy l'ha fatto preparare a Shelly. L'ha chiamato *Sea Breeze Cooler* e ha detto che te lo sei meritato".

"Ivy si è ricordata", disse Marina, grata per il cocktail di mirtilli rossi e succo di pompelmo. Era uno dei suoi preferiti. Salutò Ivy e Shelly dall'altra parte del patio e sorseggiò la bibita fresca.

Per la festa, Cole si era cambiato in una camicia e dei pantaloni su misura, e aveva un aspetto molto curato. "Non ho avuto modo di congratularmi adeguatamente con te per la tua performance".

"Significa molto per me", disse Marina. "Siediti pure".

"Non credo che sarei riuscito a fare quello che hai fatto tu", disse, sedendosi. "È stata una scena memorabile".

"Alla fine, ho dimenticato le battute", disse Marina, dandosi dei colpetti sulla testa. "Jack ha salvato la scena improvvisando".

Cole ridacchiò. "Non pensavo di aver già sentito quella canzone. Me la sarei ricordata".

"Kai vuole tenerla nello spettacolo. Con qualche modifica, naturalmente".

Un'espressione seria gli riempì il volto. "Tu e Jack recitate bene, quando siete l'uno davanti all'altro".

Marina non era sicura di cosa intendesse dire. "Mi ha aiutato a provare le battute. Con la sua formazione teatrale, sapeva cosa fare".

"Sembrava che ci fosse più di un legame", disse Cole, pensieroso. "Tu e Jack avete una storia".

"Una molto breve". Marina non era sicura della sua posizione nei confronti di nessuno di quei due uomini.

Cole ci pensò su. "Dopo lo spettacolo, tornerò a est per andare a trovare i miei figli. L'offerta che ti ho fatto è ancora valida. Ti piacerebbe fare quel viaggio con me?".

Marina sorrise. "Ad essere onesta, non abbiamo ancora quel tipo di rapporto".

"È quello che pensavo avresti detto. Se può essere d'aiuto, quel divano diventa un letto e io potrei dormire lì". Con una nota di speranza nella voce, aggiunse: "A meno che tu non voglia che lo faccia".

"È gentile da parte tua metterla in questo modo". Gli toccò il braccio. "Non sono Babs, Cole, e non lo sarò mai".

"Nessuno lo è", disse, con una punta di tristezza. "Tuttavia, non voglio che tu pensi che io stia oltrepassando il limite. Sei ancora molto importante per me, Marina. L'offerta rimarrà aperta fino alla mia partenza".

"Siamo vecchi amici, Cole. Ma dovremmo pensarci prima di fare qualcosa di cui potremmo pentirci".

La punta delle orecchie di Cole arrossì per l'imbarazzo. "Forse mi sono reso ridicolo, presentandomi qui senza preavviso. Sono stato troppo invadente, partecipando allo spettacolo?".

"Niente affatto. Ti prego di non pensarlo. A tutti noi fa piacere averti a Summer Beach".

Prendendole la mano, Cole tirò un sospiro di sollievo. "Queste ultime settimane sono state il miglior regalo che potessi immaginare. Tu, Ginger e Kai, Brooke e Chip mi avete trattato come se fossi parte della vostra famiglia. Non mi capitava da tempo, perché i miei figli hanno una vita propria. Sono solo il vecchio papà ora, come una ruota di scorta. E Babs ha chiuso con me molto tempo fa". Si bloccò e scosse la testa. "Forse non dovrei parlare così tanto di lei".

"Non c'è problema. È la madre dei vostri figli".

"Ed è una brava persona", disse. "Comunque, erano anni che non mettevo su le decorazioni per le feste e non mi ero reso conto di quanto mi mancasse. È stato molto divertente".

Marina gli sorrise. "Temo che Ginger ti abbia costretto a farlo".

"Non mi è dispiaciuto. E far parte di questo spettacolo è fantastico. Forse dovrei partecipare di più alle attività della comunità. Dopo il divorzio, non sono uscito molto. Ma è stato divertente, come lo è viaggiare. Mi farai sapere?".

"Lo farò". Anche se Cole non si arrendeva, lei lo baciò sulla guancia. "Grazie per la comprensione".

"Lo capisco davvero", disse Cole. "E ti rispetto per questo". Proprio in quel momento il suo telefono squillò. Lo tirò fuori e controllò.

"Devi rispondere?", chiese Marina.

"È Babs". Cole sorrise, ma sembrò anche un po' imbarazzato. "Le ho parlato dello spettacolo e sta pensando di venire a vederlo. Anche se probabilmente è una scusa per sfuggire a una tempesta di neve anticipata. Starà chiamando per sapere com'è andata".

"Rispondi, e salutala da parte mia".

Mentre Cole si allontanava per rispondere alla chiamata, un pensiero attraversò la mente di Marina. Lo vedeva sorridere e parlare animatamente con la sua ex moglie. Marina sapeva che avevano un legame attraverso i loro figli, anche se sentiva che c'era qualcosa che andava oltre.

Inoltre, Marina sospettava ancora che Babs non fosse felice del suo nuovo matrimonio. Si segnò mentalmente di provare a contattarla di nuovo.

Forse, nemmeno Cole era davvero disponibile.

19

*I*l mattino seguente, Jack raggiunse la sua nuova famiglia teatrale al Coral Café per la colazione. Lui e Leo si sedettero al tavolo dello chef in cucina, dove Marina stava preparando dei pancake ai mirtilli. Scout si sistemò accanto a loro, sollevando avidamente la testa o rotolandosi per ricevere carezze da chiunque volesse fargliene.

"Buongiorno a tutti", disse Jack. "Che spettacolo". All'università gli piaceva molto recitare e scrivere. Non si divertiva così tanto da molto tempo, ed era felice che anche a Leo piacesse.

Ginger teneva in mano un bricco di caffè. "Ne vuoi un po', Jack?"

"Grazie, e ti sarò grato se continuerai a riempirmi la tazza". Si premette una mano sulla fronte.

Lei sorrise con consapevolezza. "Hai festeggiato un po' troppo ieri sera?".

"Non ci sono più abituato", disse sorridendo. Anche Ginger sembrava un po' rauca e lui ricordò che Bettina si era occupata di lei la sera precedente. "Come va la tosse, stamattina?".

"C'è ancora, ma dovrei essere a posto per la prossima esibizione", rispose Ginger con la sua solita incrollabile sicurezza.

Jack vide Marina aggrottare le sopracciglia e rivolgere alla nonna uno sguardo preoccupato.

Mentre Ginger si allontanava, Scout diede un colpetto a Jack. Grattando il cane dietro le orecchie, Jack controllò di nascosto il telefono. Voleva trovare la recensione di quel critico dello spettacolo prima di tutti gli altri, per prepararli. Probabilmente, non sarebbe stata favorevole.

Che gli era saltato in mente la sera prima? Era un bel modo per distruggere quel poco di reputazione che gli era rimasta. Gli sarebbe servita per trovare lavoro a Zurigo, dove vivere era molto più costoso che a Summer Beach.

Eppure, in cuor suo, Jack sapeva perché sul palco era saltato fuori con quella folle scenetta. Voleva spostare l'attenzione da Marina, quando si era bloccata. Non era più stata sotto i riflettori da quando aveva lasciato il suo lavoro a San Francisco. E si sentiva ancora in imbarazzo per quell'ultima esibizione al telegiornale. Non era colpa sua; era stata incastrata e il regista avrebbe dovuto tagliare e andare in pubblicità.

Jack era determinato a far sì che Marina non si sentisse più in imbarazzo. Al giorno d'oggi, la gente filma di tutto con i telefoni cellulari. Non aveva bisogno di una replica di quel disastro. Inoltre, Marina si era ripresa bene sul palco, una volta che aveva smesso di prendersi troppo sul serio. Era sicuro che allo spettacolo successivo avrebbe fatto tutto per bene.

Anche se Kai era stata entusiasta della sua performance della sera precedente, Jack pensava che fosse solo perché erano riusciti a salvare la scena. Nella chiara luce del mattino, il buon senso avrebbe sicuramente prevalso.

Leo, accanto a lui, chiese: "Posso avere lo zabaione?".

"E come sapevi che c'era dello zabaione nel frigorifero?", chiese a sua volta Ginger, arruffando i capelli del ragazzo.

"È scritto sulla lavagna", disse Leo, indicando il nuovo tabellone delle specialità giornaliere che Marina aveva ideato.

"Arriva subito", disse Ginger.

Dall'altra parte del tavolo, Kai e Axe stavano parlando dei cambiamenti apportati allo spettacolo, mentre Heather e Ethan guardavano sui loro telefoni le foto che gli amici avevano scattato e inviato loro. Gli altri membri del cast e della troupe si stavano riversando fuori nel patio, dove Marina aveva allestito un piccolo angolo self-service con caffè e bagel. Tutti aspettavano con ansia la recensione di Rexford che, secondo Carol, sarebbe stata pubblicata quella mattina. Era stata un'idea di Marina quella di scoprirla tutti insieme a colazione.

Jack toccò lo schermo. *Ancora niente.*

"Mi fai innervosire, se controlli ogni dieci secondi", disse Marina.

Mise giù il telefono. "La smetto".

Tornò ai fornelli e servì le prime frittelle sul piatto. "Chi è il più affamato qui?".

Leo alzò la mano e tutti risero.

"Chi dorme non piglia pesci", disse Kai. Alzandosi dal tavolo, prese il piatto e lo mise davanti a Leo. "Chi è il prossimo?"

Carol e suo marito Hal erano apparsi sulla porta con un look casual, in tenuta da jogging. Dopo aver salutato tutti, Carol sbottò: "Rexford ha già pubblicato la sua recensione?".

"Non ho ancora controllato", disse Jack, senza voler sembrare troppo impaziente.

Kai rise. "Non negli ultimi dieci secondi, cioè".

"Continua a guardare", disse Carol, con aria nervosa.

Jack sorrise e ricontrollò il telefono. "Ehi, è appena arrivata". Si mise a sedere e iniziò a leggerla.

Carol lo punzecchiò. "Per l'amor del cielo, leggila ad alta voce".

"Ecco", disse Jack, leggendo dallo schermo mentre tutti si avvicinavano. *Un canto di Natale* sarà mai lo stesso dopo essere andato in scena a Summer Beach? Sostituendo le spiagge sabbiose con la neve, l'attrice professionista Kai Moore approda nel villaggio del Southland per la sua prima regia insieme a Carol Reston, vincitrice di un Grammy Award e nota per i suoi acuti impossibili".

Carol emise un gemito e sgranò gli occhi. Jack si chiese perché, ma continuò a leggere.

"Con esaltanti numeri musicali e un sorprendente numero rap natalizio eseguito dal giornalista premio Pulitzer Jack Ventana, *Un canto di Natale… in spiaggia* è un dolce spettacolo natalizio adatto alle famiglie. Ora in scena nel nuovo anfiteatro all'aperto Seashell. Due pollici in su per un divertimento da sballo".

Un sospiro di sollievo collettivo li attraversò e Kai alzò le mani. "Siamo sopravvissuti alla prima recensione. Ma non ce l'avremmo fatta senza un cast e una troupe favolosi".

Nel patio si levarono gli applausi. Anche Carol sembrava soddisfatta per loro. Lui pensava che lei fosse una perfezionista, e al suo livello doveva esserlo. Carol era la stella e l'attrazione principale dello spettacolo.

Nonostante il nervosismo e gli errori della prima serata, Jack sapeva che tutti avevano fatto del loro meglio. Tuttavia, ricordò di aver visto Carol e Hal parlare con Rexford, il critico, la sera prima. Si chiese se gli avessero chiesto un favore.

"Questa recensione è merito tuo", disse Kai, abbracciando Carol.

Hal ridacchiò. "Se solo sapeste. Avevamo paura che Rexford demolisse lo spettacolo a causa di Carol".

"Non inventare storie", disse Carol, dandogli un buffetto sul braccio.

Kai mise le mani sui fianchi. "Ora devi sputare il rospo".

"Oh, va bene", disse Carol. "Tu e tutti i presenti vi siete guadagnati questa recensione da soli. Raramente Rexford mi ha fatto una buona recensione. È un maestro del complimento a rovescio".

Jack guardò di nuovo la recensione. "Ma ha scritto: *nota per i suoi acuti impossibili*. Non è un gran complimento?".

"Solo in apparenza", disse Carol. "Per anni li ha criticati. Quindi, "impossibile" è la parola chiave. Dice che la mia formazione operistica gli fa male alle orecchie. Credo che debba creare polemiche, affinché la gente continui a seguire le sue recensioni".

"Quindi, deve aver apprezzato lo spettacolo", disse Hal, mettendo il braccio intorno a sua moglie. "È l'unica cosa che conta per la gente di Summer Beach. La gente sarà curiosa e verrà a vederlo. Rexford ha un grande seguito. Credo che abbia rispettato le credenziali di Jack e la sua originalità con quella scena folle. Era inaspettata, quindi doppiamente divertente".

"È stato del tutto involontaria", disse Jack, ridendo. "Non siamo obbligati a tenerla".

"Quella scena rimarrà assolutamente", disse Kai. "Oggi pomeriggio lavoreremo sulle modifiche al testo. Ti unirai a noi?".

"Suppongo di sì", disse Jack, ancora un po' imbarazzato. "Purché Leo e Scout possano stare qui".

Dopo il brunch, Jack raggiunse Kai e Axe al cottage per rivedere il testo della nuova scena. Vanessa aveva accompagnato Leo quella mattina, così Marina lo portò ad aiutarla in giardino.

Mentre Kai e Axe prendevano appunti sui testi scarabocchiati da Jack, lui osservava Marina e Leo dalla finestra. Leo

sembrava entusiasta sia di strappare le erbacce sia di raccogliere le carote.

Con un sospiro di rassegnazione, Jack si rese conto di
quanto gli sarebbe dispiaciuto lasciare Summer Beach.
Eppure, quella sembrava l'unica soluzione per essere d'aiuto a
Leo. Avrebbe voluto passare più tempo con Marina. Col
senno di poi, avrebbe dovuto agire in base ai suoi sentimenti.
Tuttavia, ciò non avrebbe cambiato il dilemma che stava
vivendo. Trasferirsi sarebbe stato molto più difficile.

La sera precedente Ginger gli aveva detto che poteva
continuare a lavorare alle illustrazioni dei suoi libri per
bambini in Svizzera e lui aveva promesso di tornare per le
riunioni di lavoro. Dopo le feste, Jack avrebbe dovuto trovare
un'altra casa per Scout, cosa che detestava fare. Avrebbe
anche rinunciato al suo cottage sulla spiaggia e cercato un
appartamento a Zurigo. Anche se a Jack era sempre piaciuta
l'idea di visitare la Svizzera, di sicuro Summer Beach gli
sarebbe mancata.

E, soprattutto, Marina.

Almeno la lasciava con Cole, che sembrava davvero tenere
a lei. Jack si morse il labbro. Non gli piaceva pensare a loro
due insieme, ma voleva che Marina trovasse la felicità.

Dopo aver finalmente sistemato i testi come volevano, Kai
e Axe se ne andarono per controllare altre cose al teatro.
Marina era già andata ad aprire il locale per la cena, portando
Leo con sé. Alla sua età, quel bambino aveva sempre fame, e
lei aveva promesso di preparargli qualcosa da mangiare.

Denise e John stavano tornando per la cena al Coral Café
e Jack sapeva che Vanessa li avrebbe raggiunti e avrebbe
portato Leo a casa per la scuola la mattina seguente. Dopo
aver raccolto i suoi appunti, Jack uscì dal cottage per schiarirsi
le idee qualche minuto e far uscire Scout.

"Va bene, bello. Andiamo". Jack alzò il colletto della
giacca a vento.

Trotterellando davanti a lui, Scout si diresse verso la spiaggia. In lontananza, Jack poté vedere le persone che stavano sistemando le decorazioni sulle loro case sulla spiaggia. Oltre allo spettacolo natalizio, era anche impaziente per la *Santa Sprint*, una corsa annuale sulla spiaggia, e per la crociera natalizia in barca. Quell'anno Bennett lo aveva invitato a salire sulla sua.

Avrebbero decorato la barca con le luci e navigato lungo la costa insieme ad altri. L'intero porticciolo si sarebbe trasformato in una divertente festa.

A Jack sarebbero mancati i piaceri di Summer Beach. Quando superò una duna, vide Ginger che camminava verso di lui. Indossava una tuta da jogging con una sciarpa legata al collo.

"Fuori per una passeggiata?", chiese Ginger.

"Un'idea di Scout".

"I cani ti tengono in forma".

"Soprattutto lui", disse Jack, lanciando un bastone a Scout. "Ti va di unirti a me? Non vado lontano, e possiamo parlare delle idee per le nuove illustrazioni".

Si misero al passo insieme e passeggiarono lungo la riva del mare, discutendo della loro situazione.

"Mi mancherà condividere i pensieri con te di persona", disse Ginger, facendo scivolare la mano nell'incavo del suo gomito.

"Anche a me", disse, lasciando che Ginger si aggrappasse al suo braccio. Non che avesse bisogno di sostegno, ma si godettero una passeggiata in compagnia.

Mentre camminavano, Ginger disse: "Ho pensato alla vostra situazione e a quanto sarà triste per Leo lasciare Summer Beach".

"Ho paura di dirglielo". Ma chi era Jack per ostacolare l'avventura di un ragazzo? A Leo sarebbe potuto piacere vivere in Europa, dove lo attendevano tante opportunità. Considerando gli aspetti positivi, pensò a tutto ciò che suo figlio avrebbe potuto esplorare, dai viaggi alla cultura, alla storia, alla cucina e alla lingua. Anche a Jack piacevano queste cose. Ma gli sarebbero mancati Summer Beach e i loro amici lì.

E, soprattutto, Marina.

Ginger interruppe i suoi pensieri. "Pensi che Vanessa stia agendo con troppa rapidità?".

"Non sono certo uno che può dire qualcosa al riguardo", rispose con un sorriso. "Ho preso decisioni affrettate per tutta la vita".

"Ma non con Leo".

"Certo che no".

"Forse dovresti fare un'altra chiacchierata a cuore aperto con Vanessa. Magari c'è un'altra opzione, di cui forse non sei a conoscenza".

"Temo che ci vorrebbe un miracolo".

Un lento sorriso si diffuse sul volto di Ginger. "Qualcuno potrebbe dire lo stesso del recupero di Vanessa. Vedi, spesso sottovalutiamo tutte le possibilità".

Inclinò la testa verso il mare. "Quando guardiamo l'oceano, non riusciamo a vedere cosa c'è sotto. Anche i problemi sono così. La soluzione potrebbe galleggiare appena sotto la superficie, oppure scintillare nelle profondità, ma fino a quando non si scende giù, non si sa nemmeno che esistono, le possibilità. È necessario immergersi per trovare la risposta o le soluzioni migliori". Facendo una pausa, aggiunse: "Grazie alla tua professione, so che tu sei molto esperto in tutto ciò".

Lo era, infatti. "Suppongo che dovrei applicare queste capacità alla mia vita privata". Jack lanciò un'occhiata a Ginger, ma lei si limitò ad abbassare il mento. Se c'era una lezione che aveva imparato dal clan Delavie-Moore e dalla vita a Summer Beach, era quella di aspettarsi l'inaspettato. "Parlerò con Vanessa".

Dandogli un colpetto sulla spalla, Ginger disse: "Non voglio che tu perda la speranza. Credo che ci sia sempre un modo per stare con le persone che amiamo. Forse non quello più ovvio, ma tu sei tenace e creativo".

Jack ridacchiò. "Perché ho la sensazione che tu mi conosca meglio di quanto io conosca me stesso?".

Ginger gli rivolse un enigmatico sorriso e si avviò verso il cottage.

20

"*E*cco il tuo tè", disse Marina, posando una tazza davanti alla nonna sul tavolo della cucina.

La cucina era profumata da un'infornata di pane al rosmarino e il sole irradiava calore attraverso la finestra. Mentre il pane cuoceva, Marina aveva fatto sobbollire la radice di zenzero e aggiunto del miele locale all'infuso.

Sebbene la tosse di Ginger fosse migliorata, Marina era ancora preoccupata per l'effetto del freddo di quelle serate sulla nonna. Per quanto fosse forte, non era invincibile. Fortunatamente si era riposata durante i giorni di pausa, ma la prima ufficiale era l'indomani.

Marina si accomodò sulla sedia accanto a lei. "La tua voce sembra più forte".

"Grazie alla tua buona medicina", disse Ginger, alzando la tazza per bere un sorso. "Domani sera non farà così freddo".

Marina ridacchiò, sentendo la convinzione di sua nonna. "Non lasciarti ingannare dal sole".

"Certo che no", disse Ginger. "Ho parlato con il mio amico, che è un meteorologo. Non c'è possibilità di pioggia, e questa era la mia preoccupazione principale. Ma mi farebbe comodo un altro strato di vestiti sotto quel mantello", aggiunse.

"È una buona idea. Lo farò anch'io".

"E una bella sciarpa di lana intorno al collo", rispose Ginger. "Ne ho di bellissime, collezionate nel corso degli anni. Bertrand mi viziava sempre durante i nostri viaggi, insistendo perché avessi le più belle sciarpe di lana italiana per tenermi al caldo. Ti ho mai raccontato del nostro primo inverno a Parigi, quando era saltato il riscaldamento?".

Marina sorrise. Ginger stava ritrovando il suo spirito. "Era Natale, se ricordo bene", disse Marina. "Scommetto che Kai vorrà sentire questa storia quando scenderà di sotto".

Ginger capì il sottile significato dietro quella frase. "Certo, l'hai già sentita tante volte. La terrò per lei".

"Chiederò alla troupe di Axe di far passare una prolunga per collegare una piccola stufa dietro di voi durante lo spettacolo. Ti terrà al caldo".

"Che idea grandiosa", disse Ginger. "E ne ho un'altra. Dal momento che Leilani ha avuto il benestare per tornare in scena – grazie al cielo era solo una piccola distorsione alla caviglia – ho deciso di scegliere te come mia co-narratrice. Potremmo apparire insieme, dimezzando così il tempo di parola. Sarebbe più facile per la mia gola. Hai una formazione professionale, quindi sono sicuro che Kai sarà d'accordo. Il mio copione è nel libro che in realtà è un oggetto di scena; puoi semplicemente leggere come se fossi in onda".

Marina considerò l'idea. "Mi ricorda quello spettacolo teatrale, *Lettere d'amore*, in cui gli attori leggono brani di corrispondenza scambiata nel corso degli anni".

"Esattamente", disse Ginger. "È stato molto intelligente da parte di Kai scrivere il tuo copione in questo modo".

"Ne parleremo con lei". Marina sperava che sua sorella fosse favorevole all'idea. Aveva programmato di esibirsi con Jack quella settimana finché Leilani non fosse tornata e, francamente, Marina si sarebbe sentita sollevata quando sarebbe accaduto. Essere lì davanti a Jack e sentire il suo abbraccio sarebbe stato più di quanto si sentiva in grado di gestire, la sera della prima. Il suo cuore poteva sopportare solo fino a un certo punto.

Il suo lato pragmatico le diceva che doveva iniziare a prendere le distanze da lui prima che partisse, ma la sua metà emotiva voleva passare più tempo possibile con lui.

Studiandola, Ginger sorseggiò il suo tè. "Cole mi ha parlato dei suoi piani di viaggio. Pensi che tornerà a Summer Beach, più avanti?".

Marina appoggiò il mento sulla mano. "Mi stai chiedendo se voglio che ritorni?".

Un sorriso si posò sulle labbra di Ginger. "È un pensiero che mi ha attraversato la mente. Visto che Jack sta per andarsene".

"Non eri tu a suggerirmi di prenotare un viaggio in Svizzera?".

"Sto solo mettendo alla prova la tua forza di convinzione".

Marina rise. "Credo che ributterò in mare entrambi i pesci".

"Io non lo farei così velocemente", disse Ginger con un luccichio negli occhi. "Di certo non devi ributtarli entrambi".

Marina la scrutò. "E quale dei due pensi che dovrei tenere?".

Ginger scrollò le spalle, in modo evasivo. "Di certo non te lo posso dire. Ma potresti ascoltare il tuo cuore", aggiunse, toccando il petto di Marina.

"Vedi? Neanche tu lo sai". Ridendo, Marina si alzò per controllare il pane. Mentre tirava fuori due pagnotte, un altro pensiero la colpì. Appoggiò le teglie su una griglia di raffreddamento. "Credo di dover fare una telefonata a est".

Con calma, Ginger sorseggiò il suo tè. "Sembra una chiamata importante".

"Forse mi cambierà la vita", disse Marina.

"Ammirevole", replicò Ginger. "Ora, se solo riuscissimo a trovare un miracolo di Natale anche per te".

Marina sorrise al pensiero, per quanto sembrasse inverosimile.

Al piano superiore, nella sua vecchia camera d'infanzia, Marina impilò dei cuscini bianchi lavorati a mano contro la testiera di ferro. Il sole aveva riscaldato parecchio il secondo piano, così aprì una finestra per far entrare la brezza dell'oceano prima di sedersi sul letto e avvolgersi con le coperte d'epoca.

Fissando i simboli in codice che Ginger aveva dipinto su un bordo vicino al soffitto, Marina pensò al loro significato.

L'amore trionfa sempre. Il vero amore è eterno.

Riflettendo sul da farsi, Marina cercò tra i suoi contatti il numero che aveva chiamato poco tempo prima. Lo compose e, dopo qualche squillo, l'amica rispose.

"Ciao Babs, sono Marina".

"Che carina sei, a chiamare di nuovo. Stavo proprio pensando a te. Cole mi ha raccontato tutto dello spettacolo delle feste".

Babs sembrava felice di sentirla. Era un buon segno. "E mi ha detto che stavi pensando di andare a vederlo".

L'amica rise. "È stato sciocco da parte mia menzionare una cosa del genere. Non so a cosa stessi pensando. Sinceramente, ho così tante cose da fare per prepararmi al Natale".

"Penso che sarebbe divertente", disse Marina. "Dovresti prenotare subito un volo. Anche se le notti sono fredde, qui c'è ancora il sole per la maggior parte dei giorni e fa molto più caldo che nel New England. Quando arriveranno i vostri figli per le vacanze?".

"Entrambi passeranno il Natale con le famiglie dei loro fidanzati. Sapevo che un giorno avrei dovuto condividerli, ma non sapevo che sarebbe stato così presto".

"Porterai tuo marito?", chiese Marina. Trattenne il respiro, sperando che Babs non evitasse la domanda questa volta.

Il silenzio riempì la linea telefonica.

Alla fine, l'amica sospirò. "Ero troppo imbarazzata per dirlo, ma mi ha lasciato diversi mesi fa per una più giovane. Non l'ho detto nemmeno ai ragazzi. Ogni volta che me lo chiedono dico che è in viaggio d'affari. Non sopportava la pensione, così è tornato a lavorare. È lì che ha conosciuto *lei*, ovviamente". Sospirò. "Glielo dirò dopo Capodanno".

"Mi dispiace molto", disse Marina, eppure quella poteva essere l'apertura di cui aveva bisogno. "Ma a maggior ragione, dovresti venire. Abbiamo una camera da letto libera nel cottage di mia nonna, oppure potresti alloggiare nella locanda sulla spiaggia di una mia amica".

"Non sarebbe imbarazzante?".

Marina pensò di aver sentito Babs sospirare. "Cosa vuoi dire?"

"Cole è andato a Summer Beach per cercarti. So che è interessato a te. L'altra sera, quando ho chiamato, non ha fatto che parlare di quanto fossi spettacolare in scena. Non voglio ostacolare la sua felicità. Cole è un brav'uomo. A volte penso di aver fatto un errore a lasciarlo. Ma quando ho iniziato a lamentarmi di lui con i miei cosiddetti "amici", mi hanno incoraggiata finché non l'ho sbattuto fuori dalla porta. Il sostituto non era neanche lontanamente all'altezza dell'originale".

Marina pensò a come si era illuminato il volto di Cole quando Babs aveva chiamato. "Ti sei mai pentita di aver cercato di scambiarlo?".

"Non possiamo cambiare il passato, quindi è inutile piangerci sopra", rispose Babs, evitando la domanda. "Ma sono più saggia e oggi scelgo i miei amici con più attenzione. Vorrei che non ci fossimo perse di vista. Come ci divertivamo, noi quattro".

Babs indugiò nei ricordi per qualche minuto e, quando ci fu una pausa nella conversazione, Marina ci riprovò. "Sono preoccupata che Cole faccia quel viaggio verso est da solo".

"Lo ha già fatto senza problemi in passato".

"Ne sono sicura", disse Marina. "Ma ora siamo tutti più maturi, no? Se tu venissi qui, voi due potreste tornare insieme e prendervi cura l'uno dell'altro. Quel motorhome è una meraviglia".

L'amica esitò. "Sapendo quello che prova per te, mi sentirei in imbarazzo".

"Babs, non potrei mai prendere il tuo posto nel suo cuore. Non vorrei nemmeno provarci. Ad essere sinceri, c'è qualcun altro anche nella mia vita".

Marina si morse il labbro. Non era esattamente vero, anche se avrebbe voluto che lo fosse. Probabilmente Jack avrebbe incontrato qualcuno a Zurigo e si sarebbe dimenticato di lei. Ma Cole e Babs erano fatti l'uno per l'altra. Era chiaro che sentivano la mancanza l'uno dell'altro, semplicemente non sapevano come fare il primo passo. Marina voleva che avessero una seconda possibilità e l'ultima cosa che voleva era mettersi tra loro.

"Davvero?", chiese Babs, con aria speranzosa.

Marina si affrettò a proseguire. "Avresti dovuto vedere l'espressione del suo viso quando è arrivata la tua telefonata l'altra sera, dopo lo spettacolo. Mi ha detto che nessuna di quelle con cui è uscito è mai stata paragonabile a te: *non erano Babs*".

"Sul serio?"

"L'ha fatto, e sono sicura che ti direbbe la stessa cosa". Marina fece una pausa. "Siamo amiche da sempre e sono sincera con te. Se hai mai pensato di riconciliarti con Cole, questa è la tua occasione. Quando tu e Cole tornerete nel New England, saprete se il vostro rapporto è di nuovo destinato ad andare avanti. Perché non vieni in aereo e gli fai una sorpresa dopo lo spettacolo? Ne sarebbe entusiasta".

Seguì un altro lungo silenzio. Marina aveva dato a Babs tutto ciò che le serviva per fare il primo passo, ma non poteva spingerla. Prese un cuscino e lo strinse. "Babs, sei ancora in linea?".

"Sto cercando i voli sul mio computer", rispose lei, con la voce piena di eccitazione. "Non posso credere che lo sto facendo, ma potrei arrivare lì domani con un volo anticipato. Devo prenotarlo?".

"Fallo, buttati", disse Marina. Aiutare i suoi vecchi amici a riunirsi sembrava la cosa giusta da fare. E con un po' di magia natalizia in più, avrebbe potuto funzionare.

Se l'unica cosa che contava per Marina era avere qualcuno con cui stare, avrebbe potuto accontentarsi di Cole. Ma avrebbe fatto un grande torto ai suoi amici e a se stessa.

Sperava solo che Cole fosse emozionato quanto loro.

21

*I*l mattino seguente, di buon'ora, Marina si trovava sul palco mentre Kai e Jack mettevano a punto i cambi di scena. Il medico di Leilani aveva approvato il suo ritorno sul palco, anche se doveva fare con calma.

"Non posso ancora ballare intorno al tavolo", disse Leilani. "Tuttavia, posso stare su uno sgabello o una sedia e applaudire mentre la famiglia gira intorno al tavolo".

"Potrebbe andare bene", disse Kai. "Marina, potresti lavorare con Ginger sulla narrazione? Vorrei sentirla con voi due alla lettura, come una sorta di copertura televisiva di una parata natalizia. Alternate le parti, come se lo steste facendo insieme. Poi lo proveremo e, se il risultato vi sembra buono, potrete finire il tutto a casa".

"Saremo la nuova squadra di conduttrici", disse Marina ridendo.

Jack li raggiunse dopo aver provato i cambiamenti con Leilani, e Marina e Ginger ripassarono la narrazione. "Vi vedo bene insieme", disse.

"Siamo una squadra naturale", disse Ginger, alzandosi dallo sgabello per stiracchiarsi. "Devo però parlare con Axe di come saremo illuminate".

Marina guardò la nonna che se ne andava. Ginger aveva in mente qualcosa, anche se Marina non era sicura di cosa. Si rivolse a Jack. "Tu e Leilani stavate benissimo lassù".

"Mi mancherai in quella scena", disse lui. "Ci siamo divertiti molto, anche se non era previsto".

"Non lo dimenticherò mai", rispose Marina. C'erano molte cose di Jack che non avrebbe dimenticato.

Kai si avvicinò battendo le mani. "Sarà un grande spettacolo stasera. Suggerisco a tutti di andare a riposare, prima. Questa è la nostra prima serata ufficiale. Chi è emozionato quanto me?".

"Tutti", esclamò Marina, mentre attorno al teatro risuonavano grida e fischi di entusiasmo. Si girò verso Jack. "Ho molte cose da preparare per stasera. Ci vediamo dopo?".

"Ci puoi scommettere".

Marina si affrettò a tornare al Coral Cottage. Stava aspettando Babs quel pomeriggio prima dello spettacolo e le aveva detto che poteva stare da loro. Marina sorrise tra sé e sé, immaginando quanto Cole sarebbe stato sorpreso. Sperava che lui accogliesse la sorpresa nel modo giusto e che non pensasse che lei si stesse intromettendo.

Una volta arrivata al cottage, Marina non dovette aspettare a lungo la sua vecchia amica. Ben presto, bussò alla porta.

Babs allargò le braccia. "Marina!"

La sua amica non era cambiata molto negli ultimi vent'anni. "Sono felice che tu sia venuta. Probabilmente eri dietro di me". Parlarono un po' del volo, ma Babs non vedeva l'ora di parlare di Cole. Aveva comprato un nuovo maglione in una boutique di lusso all'aeroporto.

"Che ne pensi?", chiese Babs mentre tirava fuori da un sacchetto un maglione d'angora color viola intenso. "È così morbido e lui ha sempre amato questo colore su di me. Ma non mi aspettavo così tanto sole qui. Pensi che faccia troppo caldo per indossarlo?".

Marina rise. "Dato che sei abituata al vero clima invernale, quel maglione potrebbe essere troppo caldo per te, durante il giorno. Ma ti servirà stasera, dopo il tramonto. E quel colore è splendido con i tuoi capelli ramati. Vieni nel backstage, non appena finisce lo spettacolo".

Marina preparò due tazze di cioccolata calda con dei bastoncini di cannella e salirono in camera da letto per parlare. Sedute insieme a gambe incrociate sul letto, sorseggiando la cioccolata e condividendo le loro storie, Marina si sentì come quando era una giovane moglie di un militare.

Babs sorrise. "Ricordi come eravamo emozionate quando Cole e Stan tornavano a casa in licenza? Adesso mi sento così".

"Cole sarà entusiasta di vederti".

"Credi che sia così? Non penserà che sia sciocco o impetuoso da parte mia?".

"Penso che ne sarà lusingato e molto grato". Se Marina nutriva ancora nel suo cuore un affetto per Cole che andasse oltre l'amicizia, vedere la speranza negli occhi di Babs avrebbe confermato la sua decisione di lasciarlo andare. Eppure, non provava per Cole nulla di più di quanto avesse mai provato. Si ricordò di quello che lui le aveva detto da *Beaches* sul fatto di aver perso l'amore della sua vita. Aiutare due vecchi amici a riaccendere la loro passione valeva molto di più per lei.

Parlarono ancora, finché Babs non sbadigliò. "Dev'essere il *jet lag* dovuto al cambio di fuso orario. Forse dovrei fare un pisolino".

"Un'ora o due di sonno ti rinfrescherebbero", disse Marina. "Avrai voglia di apparire e sentirti al meglio".

Mentre la sua amica dormiva nella vecchia stanza di Brooke, Marina si truccò per lo spettacolo. Sarebbe andata con Ginger, e Babs sarebbe arrivata più tardi con Brooke, che nel pomeriggio si sarebbe occupata della raccolta dei cestini da picnic al bar.

Mentre stendeva il fard sulle guance, Marina pensò a come Kai avesse avuto ragione. Lo spettacolo aveva preso forma, quasi magicamente, o almeno così sembrava dall'esterno.

E, come al solito, con molto lavoro.

Ginger bussò alla porta. "È quasi ora dello spettacolo".

"Sono pronta", disse Marina. Si alzò e passò il braccio sotto quello di sua nonna. "Stasera faremo un bel salto di qualità".

"Tutti ai propri posti", disse Kai, camminando dietro le quinte.

Marina sbirciò il pubblico che si stava radunando. Babs era arrivata e si era seduta vicino all'ingresso. Una volta alzate le luci del palco, Cole non sarebbe stato in grado di vederla.

Nel backstage, Ginger strinse la mano di Marina. "Ti senti sicura?"

"Ci puoi scommettere", rispose Marina. Ognuno di loro teneva in mano un libro; Jack ne aveva fatti due per averne uno di riserva.

La musica iniziò, le luci si alzarono e quando Marina e Ginger salirono sul palco sui loro sgabelli, la folla applaudì.

La magia era iniziata.

Marina si sentiva bene quella sera, anche se sapeva che tra la folla c'erano dei critici. Era un ruolo che sapeva interpretare. Lei e Ginger si erano esercitate e il cast non era così nervoso come al debutto.

Man mano che lo spettacolo procedeva, tutti si comportavano con sicurezza e non stavano ripetendo gli errori commessi durante la prima rappresentazione. Inoltre, Marina notò che si stavano divertendo molto.

Così come il pubblico. Avevano fischiato Axe nel ruolo di Scrooge, applaudito Leo nel ruolo di Tiny Tim e si erano entusiasmati per Kai nel ruolo dello Spirito del Natale Passato. Carol aveva fatto venire giù il teatro con la sua stellare interpretazione dello Spirito del Natale Presente, e Marina aveva pensato che raggiungesse le note più acute in modo eccellente.

Anche la scena di Jack e Leilani era stata tra le preferite dal pubblico. Mentre Jack guidava i bambini in fila intorno al tavolo, Leilani applaudiva, al sicuro, da una sedia. Il pubblico aveva iniziato subito ad applaudire insieme a lei.

Infine, grazie al miracolo delle feste, Scrooge si era riscattato, unendosi ai festeggiamenti del nipote Fred e augurando a tutti un felice Natale.

Il pubblico aveva applaudito e fischiato, e poi, mentre le campane tintinnavano e risuonava l'*ho-ho-ho*, le luci si erano accese su Babbo Natale, mentre i bambini più piccoli sussultavano per lo stupore.

Il cuore di Marina era pieno di gratitudine per gli sforzi dei suoi colleghi del cast, della troupe e dei musicisti. Avevano reso le festività ancora più speciali per le persone del pubblico e creato ricordi che nessuno di loro, sotto le stelle, avrebbe mai dimenticato.

Infine, la narrazione di Marina e Ginger si conclude. All'unisono, esclamarono: "E buon Natale a tutti".

Dopo aver chiuso i libri, Ginger mise un braccio intorno a Marina e lasciarono il palco, salutando il pubblico.

Nel backstage, gli occhi di Kai brillavano con lacrime di felicità. "È ora che tutti si mettano in fila per fare l'inchino. Siete stati tutti magnifici!". Lei e Axe avevano fatto una corsetta tra il cast, dando loro il cinque e abbracciandoli.

Quando si misero tutti in fila, Jack si posizionò dietro di lei.

"Sei stata favolosa", disse.

"Anche tu e Leilani. E Leo". Marina sorrise felice. I bambini erano tutti raggruppati: Leo, Samantha, Logan e i ragazzi di Brooke, tra gli altri.

"Non so chi si sia divertito di più, noi o il pubblico".

"Entrambi", disse Kai mentre Axe le cingeva la vita con

un braccio. "Ed è così che dovrebbe essere". Lei lo guardò con più amore nei suoi occhi di quanto Marina avesse mai visto.

"Credo che tu abbia una brillante carriera davanti a te come regista", disse Axe, baciando la guancia di Kai. "Sei la donna più straordinaria che abbia mai conosciuto".

Guardare quello scambio tra loro scaldò il cuore di Marina. Erano così adatti l'uno all'altra.

Dopo che gli attori principali ebbero fatto il loro inchino, Kai fece segno anche alle comparse e a tutti gli altri. Una volta radunati dietro di loro, il pubblico aveva fischiato e applaudito tutti.

All'improvviso, una voce femminile risuonò dalla prima fila. "Un applauso per Cole Beaufort! *Su, su!*".

Cole uscì dal retro e disse: "Babs, tesoro? Sei lì fuori?". Il suo volto si illuminò di speranza.

Babs fece un gridolino e cominciò a salutarlo e a mandargli baci.

Ridendo, Marina guardò Ginger. "Immagino che non vedesse l'ora di andare dietro le quinte".

"Così è ancora meglio", disse Ginger, indicando Cole, che fece un cenno a Babs e si diresse verso i gradini che portavano al palco.

Tutti cominciarono a fare il tifo per loro e, attraverso il percorso che il pubblico aveva fatto per lei, Babs salì di corsa i gradini. "Non vedevo l'ora di vederti".

Cole la prese tra le braccia e la fece girare. Gettando la testa all'indietro, rise e girò e quando finalmente si fermarono, la strinse tra le sue braccia. "Sono entusiasta che tu sia venuta".

Babs gli sorrise con una tale gioia sul viso. "Buon Natale, amore mio".

In risposta, gli occhi di Cole brillarono d'amore, la prese tra le braccia e la baciò.

"È così che si fa, amico", urlò un uomo. Il pubblico

applaudì e fece il tifo, e le persone iniziarono ad abbracciare e baciare anche i loro coniugi.

"Il nostro primo miracolo di Natale", disse Ginger a Marina con un occhiolino. "Grazie a te".

Guardando i suoi vecchi amici, Marina era fiduciosa per loro. Avevano ritrovato la strada per tornare l'uno dall'altra, con una piccola spinta.

"Diffondiamo l'amore", disse Carol, sollevando il suo cappello bordato di vischio. Lo tenne in alto sopra Kai, ma anche sulle punte dei piedi non riuscì a raggiungere la testa di Axe.

Con una risata profonda, Axe prese il cappello da Carol. Tenendolo in alto, baciò Kai. Poi, con l'espressione rapita dall'amore, le strinse la mano e si mise rapidamente in ginocchio.

"Mia cara signora direttrice, vorresti concedermi l'onore di sposarmi, un giorno? Ti ho amata dal momento in cui ti ho sentita cantare nella vasca da bagno".

Kai strillò e gli gettò le braccia al collo. "Sì, oh sì! Per parafrasare Jane Austen, un milione, un'infinità di volte sì!".

In piedi lì vicino, Marina rise e batté le mani. "Quei due si appartengono", disse alla nonna.

"È la magia del Natale", disse Ginger. Sorridendo, alzò due dita. "Il nostro secondo miracolo della serata. E davvero meritato".

Soffocando le lacrime di felicità, Kai si voltò verso Marina e Ginger e tese loro la mano. Un bellissimo sorriso le illuminò il viso. Marina e Ginger si unirono a loro.

"Quando è la persona giusta, lo sai", sussurrò Marina, e Kai annuì con entusiasmo. Quella volta Kai aveva trovato la sua anima gemella.

Gli amici si riunirono intorno a Kai e Axe, congratulandosi con loro, e tutti erano di buon umore.

Dopo aver abbracciato Kai, Marina sentì una mano sulla spalla. Voltandosi, si trovò di fronte a Jack. Come se fosse la cosa più naturale da fare, Marina chiuse gli occhi e fece un passo verso di lui. Lui la abbracciò e le loro labbra si incontrarono come se fossero destinate da tempo.

Rimanendo nel suo abbraccio, Marina si lasciò andare, vivendo il momento. Tutto sembrava così giusto, come se fossero esattamente dove avrebbero dovuto essere. Non voleva che quella sensazione finisse mai.

Con riluttanza, Jack si staccò. Con voce carica di emozione, sussurrò: "Buon Natale". E la baciò ancora una volta.

Dopo che il pubblico si era diradato, il cast e la troupe si erano riuniti nel backstage, continuando ad abbracciarsi e a congratularsi. Marina stava chiacchierando con la sua famiglia e i suoi amici, mentre Jack e Leo le stavano vicino. Le piaceva il cameratismo che si era creato tra il cast e la troupe. Recitare con Ginger era stato un momento piacevole delle vacanze che non avrebbe mai dimenticato.

Mentre tutti raccoglievano le loro cose per andarsene, Marina disse a Kai: "Ci vediamo più tardi a casa?".

"Più tardi", rispose Kai, con gli occhi ancora scintillanti di amore ed emozione. "Adesso dobbiamo incontrare alcuni VIP con Carol e Hal".

Axe sorrise alla sua nuova fidanzata e le prese la mano. "*Spirits & Vine* è il posto più simile al *Sardi's* di New York. Dovresti unirti a noi".

"O forse potremmo fare del Coral Café il nuovo ritrovo dopo il teatro", suggerì Kai.

"Per favore, prima o poi devo dormire", disse Marina ridendo. "Inoltre, non abbiamo una licenza per gli alcolici, e immagino che potrebbe esserci lo champagne nel vostro prossimo futuro. Avete molto da festeggiare stasera".

Proprio in quel momento Samantha chiamò: "Leo, tua madre è qui per te".

Jack abbracciò il figlio. "Hai fatto un ottimo lavoro stasera, ragazzo. Ci vediamo domani dopo la scuola".

"Grazie, papà", disse Leo. Il ragazzo si voltò e si affrettò verso la madre.

Vanessa era accanto a Denise e John, che stavano prendendo in braccio Samantha. C'era una quarta persona nel loro gruppo che Marina non riconobbe.

Dopo aver abbracciato Leo e avergli detto che era stato meraviglioso sul palco, Vanessa si raddrizzò e fece un gesto a un uomo dall'aria cordiale accanto a lei. "Leo, vorrei presentarti il dottor Noah Hess. Mi ha aiutato a guarire ed è venuto dalla Svizzera per vedere la tua esibizione".

Quell'uomo esile e occhialuto era colui che stava portando via Vanessa e Leo e, indirettamente, anche Jack. Marina si aspettava che avesse un aspetto severo ed esigente, ma sembrava un uomo tranquillo e bonario, dotato di una spiccata intelligenza. Il dottor Hess non solo aveva contribuito a salvare la vita di Vanessa con un trattamento straordinario, ma aveva anche fatto scoccare una scintilla d'amore nei suoi occhi.

Marina sospirò. Come poteva biasimarli per una tale fortuna?

"Leo, sono così felice di conoscerti", disse Noah, piegandosi leggermente e rivolgendo al ragazzo un sorriso caloroso.

"Grazie per aver aiutato mia madre. Cosa ne pensi dello spettacolo?", chiese Leo, ancora traboccante di entusiasmo.

Noah sorrise e diede una pacca sulla spalla a Leo. "Che bella performance hai fatto. Credo che tu abbia un vero talento per il teatro".

Leo si rivolse a Noah con un sorriso. Era chiaro che stavano iniziando bene, pensò Marina.

"Almeno fino a Natale", disse Vanessa.

Aveva sentito bene? Marina pensava che Vanessa lo avrebbe ritirato dallo spettacolo prima, subito dopo la fine della scuola. Avevano ancora qualche spettacolo dopo quella data.

"Abbiamo una sorpresa per te, Leo", disse Vanessa, con un sorriso che le illuminava gli occhi.

Marina sospirò. Avrebbe voluto che tutto ciò potesse attendere. Leo si stava divertendo così tanto quella sera, e detestava che la notizia del loro imminente trasferimento rovinasse tutto. Forse Leo sarebbe stato entusiasta di trasferirsi, ma lei non lo pensava, non una volta capito che quel trasferimento sarebbe stato definitivo.

Accanto a lei, anche Jack sembrò intuire ciò che stava per accadere. Si avvicinò a Leo e mise un braccio intorno al figlio. "Sono Jack, il padre di Leo". Tese la mano a Noah.

"Ho sentito molte cose positive su quanto sei devoto a Leo", disse Noah, stringendogli la mano.

Vanessa si chinò per baciare Leo sulla guancia. "Ho una notizia meravigliosa da darvi. Il dottor Noah sta per trasferirsi in California. Ha accettato un incarico importante a Los Angeles, quindi lo vedremo spesso a Summer Beach".

Marina tirò un sospiro di sollievo. Non riusciva a credere a quello che aveva sentito, e Jack sembrava senza parole.

"Leo ama Summer Beach", disse Vanessa a Jack, a bassa voce. "E molte persone qui gli vogliono bene".

Stringendo gli occhi per contenere l'improvvisa emozione, Jack avvolse le braccia intorno al figlio. "Grazie al cielo", sussurrò.

"Ehi, papà, mi stringi troppo forte", esclamò Leo, contorcendosi e ridacchiando. "E poi, sto morendo di fame". Liberandosi, afferrò la mano di Samantha e i due ragazzi si diressero verso lo snack bar che Marina aveva allestito nel backstage.

"È sempre affamato", disse Vanessa ridendo.

Jack la abbracciò e poi strinse di nuovo la mano di Noah. "Sono così felice per entrambi e vi ringrazio dal profondo del mio cuore".

Noah inclinò la testa in segno di apprezzamento e mise un braccio intorno a Vanessa. "Quando Vanessa mi ha detto quanto Leo fosse felice a Summer Beach e quanto fosse un bel posto per loro in cui vivere, ho deciso di chiamare i miei colleghi di Los Angeles. Da tempo avevo aperta un'offerta per unirmi a loro, ma non avevo mai avuto altri motivi per trasferirmi lì". Guardò Vanessa con affetto.

"Ora lo sai", disse Vanessa sorridendo. "Ti avevo detto che il padre di Leo sarebbe stato contento".

Voltandosi verso Marina, Jack allargò le braccia. "Riesci a crederci? Restiamo!".

Marina stentava a credere a ciò che stava accadendo. Si portò una mano sulla bocca, piangendo e ridendo contemporaneamente.

Accanto a lei, Ginger le toccò la spalla e le disse dolcemente: "Vai da lui".

Senza esitare, Marina si avvicinò a Jack, che la strinse in un abbraccio. In un istante, sentì la forza e l'intensità del suo battito cardiaco in sintonia col suo. Il loro inaspettato sollievo fu reciproco.

"È un miracolo", disse Jack, con la voce roca per l'emozione. "Spero che questo cambierà le cose anche tra noi".

"È già successo", disse Marina, sentendo crescere nel suo cuore l'amore che aveva represso. "Ricominciamo, Jack".

Scosse la testa. "Tutto quello che abbiamo passato ci ha reso più forti. Partiamo da dove siamo e *costruiamoci* meglio".

Guardando oltre la spalla di Jack, Marina vide Ginger in piedi da un lato. Con un sorriso, la nonna sollevò tre dita, le baciò e mandò un bacio a Marina.

"Questo è un vero miracolo di Natale", disse Marina, appoggiando la guancia a quella di Jack.

Più tardi, mentre i membri del cast stavano raccogliendo le loro cose per andarsene, Jack chiese: "Ti va di camminare fino al villaggio? Possiamo parlare lungo la strada e incontrare Kai e Axe da *Spirits & Vine*".

"Mi piacerebbe", disse Marina, desiderosa di stare da sola con lui prima di raggiungere gli altri. "Ginger può portare la macchina a casa".

Mentre camminavano, Marina infilò la mano nell'incavo del gomito di lui. Avvertiva il dolce profumo dei caminetti accesi nella frizzante brezza marina. Le vetrine dei negozi brillavano di decorazioni natalizie e le palme avvolte da piccole luci bianche frusciavano lievemente al vento. L'aroma di pino e abete saliva nell'aria della notte.

"Le vacanze sono magiche in spiaggia", disse Jack. "Non vedo l'ora di vedere i Babbi Natale surfisti di cui ho sentito parlare".

"È una vecchia tradizione annuale", aggiunse Marina ridendo. "Leo ne sarà entusiasta. Sono così felice che lui e Vanessa si fermino qui per Natale".

Jack le mise un braccio intorno alle spalle. "Ti andrebbe di uscire a cena con me la prossima settimana? Il teatro è chiuso martedì, oppure potremmo cenare più tardi, sabato, dopo lo spettacolo".

"Mi stai chiedendo di uscire con te?", disse Marina, stuzzicandolo.

"Certo".

"Fai attenzione, potrebbe costarti caro".

"Non sono preoccupato". Jack sorrise. "Ho fatto una scommessa a Java Beach che è stata pagata profumatamente, quindi ora sono pieno di soldi. Andiamo a divertirci".

Marina inarcò un sopracciglio. "Non sarà mica la scommessa che mi riguarda, vero?".

"Ho imparato a scommettere sempre su me stesso", disse Jack, ammiccando. "Anche quando sono il favorito, e lo sono stato per un bel po' di tempo".

A quel punto, lei gettò indietro la testa e rise. "Non l'avrai fatto sul serio".

Jack scosse la testa. "Ma seriamente, ho prenotato da *Beaches* per noi, senza Scout, questa volta. Non credo che sia più il benvenuto lì. Quale tipo di appuntamento preferisci?".

Cercando di non sembrare troppo impaziente, Marina incrociò le braccia. Del resto, se lo meritava. "Non saprei. Cos'altro hai nel tuo bagaglio di possibilità?".

Jack si sfregò la fronte. "Che ne dici di una cena in crociera?".

Corrugando il naso, Marina scosse la testa. "Troppi turisti".

"Immagino di dover offrire qualcosa di meglio. Ok, ci sono", Jack sospirò. "Hal si è offerto di portarci a Los Angeles con il suo aereo privato per una cena di lusso. Ci ha invitato ad andare con loro, oppure ci può portare il suo pilota".

Marina tamburellò con le dita, divertita da quella situazione. "Magari qualcosa che non preveda un viaggio aereo o sull'acqua".

"Certo". Si passò una mano sul mento. "C'è sempre il mio fidato furgone Volkswagen, Ronzinante. Se la cava bene sulla terraferma".

"Capisco. Ci stiamo avvicinando a qualcosa, con quel riferimento a Don Chisciotte". Strinse le labbra per non ridere. A questo punto, non le importava dove fossero andati, ma solo che stessero insieme.

Dopo un po' di ricerca interiore, Marina si era chiesta perché fosse così importante per lei che Jack mantenesse la promessa di chiederle di uscire, quando ciò che significava di più erano le sfide che affrontavano insieme e il sostegno che condividevano. Aveva cercato la prova che lui ci tenesse, ma non aveva considerato dei segnali importanti.

Come quelli lanciati da Jack durante lo spettacolo, rischiando di rendersi ridicolo e di danneggiare la sua reputazione professionale, per salvarla dall'imbarazzo. Aveva visto il tipo di uomo che era nel suo modo di considerare premurosamente tutti, da Leo e Vanessa a Ginger e agli altri di Summer

Beach. Aveva professato il suo amore per Marina, ma soprattutto le sue azioni lo confermavano.

Jack sorrise. "Ho intenzione di decorare il vecchio furgone per le feste. Che ne dici di andare in spiaggia con te, me, Ronzinante e i tacos di Rosa?".

"Quando vuole, signor Cratchit".

Davanti alle luci scintillanti di Main Street, Jack prese la mano di Marina e la portò al suo cuore. "Sarai sempre la mia signora Cratchit".

"Sono questi i nostri nuovi soprannomi?", chiese Marina, ridendo.

"Posso pensarne di migliori, che ci rappresentino di più", disse Jack, accarezzandole dolcemente le dita. "Ed è una promessa che intendo mantenere. Solo perché tu lo sappia".

Le domande vorticavano nella sua mente, eppure Marina sollevò le labbra verso le sue. "Ne sei sicuro?".

"Mai stato più sicuro". Le labbra di Jack sfiorarono quelle di Marina. "Buon Natale, signora Cratchit, ma preferirei dire Ventana".

Sentire quelle parole riscaldò il cuore di Marina. Anche se non erano ancora pronti per un passo così grande, le piaceva che si stessero muovendo in quella direzione. "Continua a scommettere su te stesso", esclamò giocosamente. "E se sarai fortunato, un giorno potrai dirlo".

"Mi piacerebbe molto", disse Jack, sollevandole una ciocca di capelli dal viso e lisciandola dalla fronte, delicatamente, con una mano. "Quello che voglio è una vita insieme: tu, io e tutti i nostri meravigliosi figli, piccoli e grandi".

Marina provò un senso di felicità per il fatto che avesse incluso Heather ed Ethan insieme a Leo. "Non dimenticare Scout".

"Come potrei?" Jack ridacchiò. "Quel cane pazzo ci ha fatto incontrare in più di un'occasione".

Ridendo, si fermarono davanti alle luci colorate sulla porta di *Spirits & Vine*. Alzando lo sguardo, Marina scorse un po' di classico verde natalizio sopra di loro. Mise le braccia intorno al collo di Jack, facendo scorrere le dita lungo la nuca, nei suoi folti capelli. Era l'uomo che voleva davvero nella sua vita. Non solo durante le feste, ma anche in tutti i giorni successivi. "Buon Natale, Jack".

"E molti, molti altri", disse lui, baciandola sotto il vischio.

Fine

NOTE DELL'AUTRICE

Grazie per aver letto *Natale a Coral Cottage* e spero che vi sia piaciuto il debutto del nuovo teatro Seashell. Se volete vedere cosa succederà in seguito, unitevi a me in *Matrimoni a Coral Cottage* per un'altra storia che scalda il cuore. Mentre Marina e Jack riflettono sulle prossime mosse, Kai sta per organizzare un un matrimonio a sorpresa con Axe.

Se avete letto la serie *Seabreeze Inn*, siete invitati a dare il benvenuto a un nuovo bambino in *Seabreeze Shores*, il capitolo successivo della serie.

Tenetevi aggiornati sulle mie nuove uscite sul mio sito web JanMoran.com. Iscrivetevi al mio VIP Reader's Club per ricevere notizie su offerte speciali e altre novità. Inoltre, trovate altre occasioni di divertimento e unitevi ad altri lettori che la pensano come voi nel mio gruppo di lettori su Facebook.

Altre delizie da gustare

Se questo è il primo libro della serie *Coral Cottage*, assicuratevi di conoscere Marina quando arriva a Summer Beach in *Ritorno a Coral Cottage*. Se non avete letto la serie *Seabreeze Inn*, vi invito a conoscere l'insegnante d'arte Ivy Bay e sua sorella

Shelly mentre ristrutturano una casa storica sulla spiaggia in *Seabreeze Inn*, il primo della serie originale *Summer Beach*.

Potreste anche godervi il sole e i viaggi internazionali con un gruppo di amici nella serie *Love, California*, a partire da *Flawless* e da un emozionante viaggio a Parigi.

Infine, vi invito a leggere i miei romanzi storici in volume unico autoconclusivo, come *Hepburn's Necklace*, *Il giardino dei profumi perduti*, *La casa dei profumi dimenticati*, e *La piccola bottega del cioccolato*, due storie ambientate nella splendida Italia degli anni Cinquanta.

La maggior parte dei miei libri è disponibile in ebook, in brossura o in copertina rigida, in audiolibro e in versione large print. E come sempre, vi auguro buona lettura!

RICETTE CORALLINE PER LE FESTE

Quando scrivo, spesso mi immergo nel mio mondo immaginario con musica, cibo e altri elementi che appartengono alla storia. Per *Natale a Coral Cottage* ho attinto alle ricette che ho preparato nel corso degli anni per Natale, Hanukkah, Capodanno, gite sulla neve e altre celebrazioni invernali con amici e familiari. Mi immagino Marina mentre le serve al *Coral Café* sulla spiaggia.

Quando preparo le ricette, spesso le modifico per creare alternative più salutari per chi ha restrizioni alimentari, quindi sentitevi liberi di sperimentare. Preparo molte alternative senza glutine e a ridotto contenuto di zucchero per la mia famiglia e i miei amici.

Spero che vi piacciano, ma soprattutto che gradirete trascorrere del tempo con i vostri cari durante le feste e in qualsiasi momento dell'anno.

Muffin natalizi al mirtillo rosso e all'arancia

2 tazze di farina
3/4 di tazza di zucchero (o alternativa allo zucchero)
2 cucchiaini di lievito in polvere
1/2 cucchiaino di sale
1 uovo
2/3 di tazza di yogurt normale o greco, o 2/3 di tazza di latte
1/4 di tazza di succo d'arancia
1/2 tazza di olio (vegetale, di avocado, di canola o altro olio leggero)
1 cucchiaino di scorza d'arancia grattugiata o a piacere
1-1/2 tazze di mirtilli rossi, freschi o congelati (scolati)
Facoltativo: 1/4 di tazza di noci tritate, ad esempio noci di macadamia o pecan.

Preriscaldare il forno a 200°C (circa 400° F).

1. Unire gli ingredienti secchi in una grande ciotola.
2. Nella stessa ciotola, aggiungere e mescolare gli ingredienti umidi, fino a ottenere una pastella.
3. Aggiungere la scorza d'arancia e i mirtilli rossi.
4. Versare in una teglia per muffin in silicone o in una teglia per muffin unta. Ricoprire con la miscela di streusel, se si desidera (sotto).

Infornare a 200°C per 20-25 minuti (per i muffin grandi) o finché un coltello o stuzzicadenti non esce pulito dal dolce. Per i muffin medi, cuocere da 15 a 20 minuti. Per i mini-muffin, da 10 a 12 minuti. (Suggerimento: impostare il timer con un paio di minuti di anticipo, nel caso in cui la temperatura del forno vari).

Versione senza glutine: Al posto della farina, utilizzare 1 tazza di farina di mandorle e 1 tazza di farina di cocco (o altro, a piacere) e 1 uovo. Oppure, utilizzare una semplice miscela all-in-one come *Cup4Cup Gluten-Free Flour*, *King Arthur Gluten-Free Measure for Measure Flour* o *Bob's Red Mills Gluten-Free 1-to-1 Baking Flour*.

Copertura facile con streusel (facoltativa)

1 tazza e 1/4 di farina
1/3 di tazza di zucchero di canna chiaro o scuro (o un'alternativa allo zucchero)
1/3 di tazza di zucchero bianco (o alternativa allo zucchero)
1/4 di cucchiaino di sale (omettere se si usa burro salato)
1 cucchiaino di cannella
1/2 cucchiaino di noce moscata
1/2 tazza di burro non salato, fuso
1/2 cucchiaino di estratto
Facoltativo: 1/4 di tazza di noci tritate, ad esempio macadamia, noci pecan.

1. Mescolare farina, zucchero, sale se desiderato e spezie secche.
2. Sciogliere e raffreddare il burro. Se il burro è troppo caldo, lo zucchero si scioglierà e non sarà più friabile.
3. Versare il burro sull'impasto e mescolare fino a ottenere una consistenza friabile. I grumi vanno bene e sono desiderati. Non mescolare troppo.
4. Cospargere il composto di briciole sui muffin prima di infornarli.

Se si preparano i muffin con la copertura di streusel, il tempo di cottura potrebbe essere un po' più lungo.

Versione senza glutine: Al posto della farina, utilizzare 1 tazza e 1/4 di farina di mandorle combinata con farina di cocco o di riso (o altro a piacere). Oppure utilizzare una miscela all-in-one, come *Cup4Cup Gluten-Free Flour, King Arthur Gluten-Free Measure for Measure Flour* o *Bob's Red Mills Gluten-Free 1-to-1 Baking Flour.*

Rum caldo speziato

Per la pastella speziata (4 bicchieri):

1/3 di tazza di burro salato, ammorbidito
3 cucchiai di zucchero di canna scuro
1 cucchiaino di cannella
1/2 cucchiaino di noce moscata
1/4 di cucchiaino di pimento

Per ogni bevanda:

1 cucchiaio e 1/2 di pastella speziata
5-6 cl (2 once) di rum scuro o 5-6 cl di sidro di mele o succo di mele
17 cl (6 once) di acqua bollente
Facoltativo: stecca di cannella o arancia a fette

1. Versare la pastella speziata in una tazza.
2. Versare l'acqua bollente e mescolare.
3. Aggiungere rum scuro a piacere.
4. Guarnire con una stecca di cannella o un'arancia a fette.

Questa pastella si congela bene, quindi potete farne anche una quantità doppia o tripla e conservarla in un contenitore richiudibile. Prelevatene un po' quando necessario. (E, per favore, bevete responsabilmente).

Per una versione analcolica, sostituire il rum con sidro o succo di mela. Se vi piace un sapore intenso di mela, usate il sidro o il succo di mela anche al posto dell'acqua. Per dare una consistenza più cremosa, aggiungere una spruzzata di panna o di panna da cucina. Si può anche usare un'alternativa allo zucchero o ridurre lo zucchero.

SULL'AUTRICE

JAN MORAN è un'autrice di romanzi femminili romantici, tra i bestseller *di USA Today* e *Wall Street Journal*. Tra le sue cose preferite ci sono una buona tazza di caffè, il cioccolato fondente, i fiori freschi, le risate e la musica che le tocca l'anima. Ama viaggiare e i luoghi che preferisce per trarre ispirazione sono quelli ricchi di storia e di mistero, sullo sfondo di montagne innevate, spiagge di palme o luci scintillanti di città. Jan è originaria di Austin, in Texas, di cui mantiene un po' del particolare accento, anche se da anni vive nel sud della California, vicino alla spiaggia.

La maggior parte dei suoi libri sono disponibili come audiolibri e la sua narrativa storica è tradotta in tedesco, italiano, polacco, olandese, turco, russo, bulgaro, portoghese, lituano e altre lingue.

Se vi è piaciuto questo libro, vi invitiamo a lasciare una breve recensione online per i vostri amici lettori dove avete acquistato il libro o su Goodreads o Bookbub.

Per leggere gli altri romanzi storici e contemporanei di Jan, visitate JanMoran.com. Iscrivetevi alla mailing list del Club dei lettori VIP e al Gruppo dei lettori di Facebook per conoscere le nuove uscite, le vendite e i concorsi.

www.ingramcontent.com/pod-product-compliance
Lightning Source LLC
Chambersburg PA
CBHW020139120726
47903CB00007B/2329